# LA COLÈRE DU DRAGON

Marqué par le Dragon Livre 4

# LA COLÈRE DU DRAGON

Marqué par le Dragon Livre 4

RICHARD FIERCE

# Droit d'auteur



©2021 Richard Fierce, pour le texte
©2024 Richard Fierce, pour la traduction français
Titre original: Wrath of the Dragon
ISBN: 979-8-89631-066-2

Dragonfire Press

# 1

Mina but une gorgée de sa gourde et fixa le château au loin. Cela ne faisait que deux semaines qu'elle était partie, et pourtant, elle avait l'impression qu'une éternité s'était écoulée depuis la dernière fois qu'elle avait vu le Donjon de Klodian. Gedrith et les autres dragons voulaient se rendre directement au Domaine Dracan, mais elle leur avait demandé de s'arrêter ici d'abord.

*Tu es sûre de toi ?* demanda Gedrith.

*Je crois, oui. Lord Klodian doit savoir ce qui se passe.*

Était-ce insensé de sa part de le prévenir ? Probablement. Cet homme avait utilisé son don à ses propres fins, mais il lui avait aussi fourni un abri et de la nourriture. Ce n'était pas une raison valable pour justifier son esclavage, mais elle ressentait un étrange sentiment d'obligation envers lui.

*Je reviendrai aussi vite que possible.*
*Si tu as des ennuis, appelle-moi.*
*Je le ferai.*

Mina remit sa gourde dans son sac aux pieds de Gedrith et traversa le sable. Elle réfléchit à la réaction qu'aurait Lord Klodian. Étant donné son départ précipité, il pensait probablement qu'elle était morte. Thais le pensait sûrement aussi. Et il y avait également la question non résolue avec Lady Burgess et le complot visant à renverser Klodian. Thais s'en était-elle occupée seule ?

Les portes étaient ouvertes, et Mina entra dans la cour. Un rapide coup d'œil aux alentours lui montra que rien n'avait beaucoup changé. Elle se dirigea vers le château et était presque arrivée aux portes principales lorsqu'une voix l'interpella derrière elle.

— Mina ?

Elle se retourna pour voir Thais. La femme avait une expression abasourdie sur le visage.

— Où étais-tu ? Je pensais que tu avais été enlevée par les espions de Lord D'Lance.

— C'est une longue histoire, répondit Mina.

— Tu pourras me la raconter plus tard, alors. Tu vas bien ?

— Je vais bien. Je dois parler à Lord Klodian. Est-il ici ?

— Oui. Thais l'examina de haut en bas. Tu as l'air d'un soldat. Pourquoi portes-tu une armure ?

— Je n'ai pas le temps d'expliquer. S'est-il passé quelque chose d'étrange par ici ?

— Mis à part ton numéro de disparition ? Thais eut un sourire narquois et baissa la voix. En fait, nous avons peut-être un problème.

— Lady Burgess ?

— Oui. Elle est repartie au Domaine Dracan après que son mari soit réapparu avec un fort sentiment de loyauté envers Lord Klodian. Il est toujours là, d'ailleurs, à satisfaire le moindre caprice de Lord Klodian. Elle semblait profondément perturbée avant de partir, mais rien n'est venu de cette situation à ma connaissance.

— Bien. J'avais prévu de t'aider avec elle, mais je... me suis laissée distraire.

Thais regarda autour d'elle pour s'assurer que personne n'était à proximité. — Est-ce que ça a un rapport avec ce dragon dont tu m'as parlé ?

Mina hocha la tête.

— Comment t'es-tu échappée ?

— Comme je l'ai dit, c'est une longue histoire.

Thais la fusilla du regard. — Que se passe-t-il ? Tu me faisais confiance avant de disparaître, et maintenant tu redeviens vague sur les choses.

— Je suis désolée. Il se passe beaucoup de choses, et je n'ai pas beaucoup de temps avant de devoir repartir. Lord D'Lance ne se contente pas de comploter contre le Haut Prince. Il est en train de constituer une armée de chevaucheurs de dragons.

— Je sais.

— Tu sais ?

— Je t'ai dit pourquoi je suis ici, répondit Thais. Et il y a une raison pour laquelle je t'ai crue quand tu m'as dit que les dragons pouvaient parler. J'ai vu ce qu'il a fait.

— Sais-tu aussi ce qu'il fait avec les œufs de dragons ?

— Les œufs de dragons ? Je ne sais rien à ce sujet.

— C'est grave, Thais. Les dragons voulaient lui déclarer la guerre, mais je les ai convaincus de ne pas le faire.

— Comment as-tu fait ça ?

— Je dois le tuer.

— Tuer qui ? Lord D'Lance ?

— Oui.

Thais eut un rire dur. — Te rends-tu compte de ce que tu dis ? Lord D'Lance est incroyablement puissant. Si quelqu'un pouvait le tuer, ce serait déjà fait. Et depuis quand es-tu une assassin ? Tu ne sais même pas manier une épée.

Mina sentit son visage s'empourprer, mais elle garda sa colère sous contrôle.

— Ne t'inquiète pas pour moi. Lord D'Lance est peut-être fort, mais j'ai de puissants amis pour m'aider.

— Les dragons ?

— Écoute-moi, Thais. Si je peux arrêter Lord D'Lance, il n'y aura pas de guerre. Ni avec les dragons, ni avec le Haut Prince.

— Si tu veux te suicider, vas-y. Je ne t'en empêcherai pas. Tu as changé, Mina. Je ne sais pas si c'est une bonne chose.

Thais tourna les talons et s'éloigna. Mina la regarda partir, se demandant pourquoi elle était si contrariée. Si Lord D'Lance mourait, ses parents seraient libres. N'était-ce pas ce que Thais voulait ? Elle chassa cette pensée et entra dans le château. Les serviteurs vaquaient à leurs tâches, et l'odeur de nourriture fraîche flottait dans l'air.

C'était une atmosphère si animée comparée à la grotte des dragons, ce qui était normal pour la cour de Klodian, mais c'était quelque chose que Mina n'avait jamais considéré auparavant. Elle se fraya un chemin à travers le dédale de couloirs, s'arrêtant devant la porte de la chambre personnelle de Klodian. Deux voix étouffées étaient engagées dans une conversation de l'autre côté, et elle était sur le point de faire demi-tour lorsque la porte s'ouvrit brusquement.

— Tenez-moi informé, dit Lord Klodian au Capitaine Eduard.

En la voyant, ils se figèrent tous les deux. Mina offrit un sourire timide et s'inclina.

— Mon Seigneur, salua-t-elle.

— Je vais y aller. Le Capitaine Eduard la contourna et partit.

— Est-ce que je vois un fantôme ? demanda Klodian. La dernière chose que j'ai entendue, c'est que tu étais partie à cheval dans le désert et que ton cheval était revenu seul.

— Je suis désolée si je vous ai inquiété. Pouvons-nous parler en privé ?

Klodian la regarda avec curiosité et ouvrit complètement la porte, lui faisant signe d'entrer. Elle entra et attendit que la porte se ferme pour parler.

— Je dois me rendre au Domaine Dracan.

— De quoi parles-tu ? Tu disparais pendant quinze jours et tu réapparais, seulement pour repartir ? Sais-tu combien de ressources j'ai utilisées pour te chercher dans le désert ?

— Puis-je parler franchement ?

— Je t'en prie.

Mina s'éclaircit la gorge. Malgré la force qu'elle ressentait dans son armure avec une épée attachée à sa taille, la présence de Klodian était si imposante qu'elle avait l'impression d'être encore une esclave sous son contrôle.

— Lord D'Lance complote pour vous renverser.

Le sourcil gauche de Klodian se leva, mais à part cela, il ne réagit pas.

— Expliquez-vous.

— C'est une longue histoire, mais j'ai surpris une conversation entre Lord et Lady Burgess. Ils ont mentionné que Lord D'Lance allait demander des soldats aux autres Dominions et que vous refuseriez cette requête. Cela lui donnerait ce dont il a besoin pour vous remplacer en tant que dirigeant du Thophate.

— Et pourquoi voudrait-il me remplacer ?

— Parce que son objectif est de s'emparer du trône du Haut Prince.

— Vous avez éveillé mon intérêt. Continuez.

— Il répand des rumeurs selon lesquelles Lord Culver et vous travaillez ensemble pour provoquer une guerre qui divisera les Dominions, et il fait un bon travail en laissant des preuves convaincantes.

— Donc, vous avez appris cette information il y a deux semaines et vous avez décidé de ne pas venir me voir directement ?

Mina rougit sous son regard intense. — J'avais besoin de preuves, dit-elle. Je ne voulais pas faire d'accusation sans en avoir.

— C'est compréhensible. Où sont vos preuves ?

— Je n'ai rien de physique à vous montrer, mais je fais confiance à la source qui a confirmé que tout cela est vrai.

— Qui est cette source de confiance ?

Mina hésita. C'était là que les choses allaient se compliquer.

— C'est Gedrith qui me l'a dit. C'est un dragon.

2

Caden se tenait les bras croisés, observant les dramans alors qu'ils érigeaient une rangée de nouvelles tentes. Bast avait bien réussi à rallier leurs forces qui avaient fui Velbridge après leur attaque ratée. Plus d'entre eux avaient survécu que Caden ne le pensait initialement, et la présence de sa maîtresse et de ses frères continuait d'attirer chaque jour plus de dramans dans leurs rangs.

Lireth avait été une présence constante dans son esprit depuis qu'il l'avait libérée de la montagne. Elle écoutait chacune de ses pensées, mais cela ne le dérangeait pas. Le lien entre eux était plus fort que tout ce qu'il avait expérimenté auparavant.

Sur son ordre, ils avaient déplacé le camp plus loin de Velbridge pour s'assurer que les hommes de Lord D'Lance ne les trouvent pas. Des éclaireurs avaient également rapporté que Lord D'Lance ne gardait plus secret le fait qu'il avait plusieurs dragons sous son contrôle. Ses patrouilles dans la région avaient triplé, et il y avait même eu des observations de ses chevaucheurs de dragons montant la garde depuis le ciel.

— C'est impressionnant, n'est-ce pas ? dit Bast. Je ne m'attendais jamais à voir autant de mes frères réunis en un seul endroit, unis sous une même cause.

— En effet, acquiesça Caden. Mais je ne peux m'empêcher de me demander si ce sera suffisant. Nous avons Lireth et les autres, mais Lord D'Lance a plus d'hommes dans son armée que les deux prochains Dominions réunis. Même sans ses dragons et les dramans qui lui sont encore fidèles, nous sommes en infériorité numérique.

Bast le fixa, ses pupilles devenant de fines fentes.

— Nous sommes peut-être en infériorité numérique, mais nous avons quelque chose de plus puissant que la magie ou l'acier, ou même les dragons.

— Quoi donc ?

— L'espoir.

Caden secoua la tête.

— L'espoir ne gagne pas les guerres.

— Comment le sais-tu ?

— J'ai déjà été au combat. La compétence et la chance sont les seules raisons pour lesquelles un homme quitte le champ de bataille vivant.

— Vas-tu au combat en voulant mourir ?

— Bien sûr que non.

— Tu veux vivre, n'est-ce pas ? Tu veux voir plus de ce monde, rentrer chez toi auprès de ta famille ?

— Oui.

— Rien de tout cela n'est une certitude. C'est de l'espoir. L'espoir nous pousse plus que tout.

Caden n'avait jamais considéré cela auparavant. Il resta silencieux un moment, puis esquissa un sourire.

— Tu as raison. Pardonne-moi. Il est parfois difficile de voir le ciel à travers les nuages.

— Nous avons tous nos moments de faiblesse.

— Les leaders n'ont pas ce luxe, répliqua Caden.

— Ils le devraient.

— Je ne suis pas en désaccord, mais tout le monde ne voit pas les choses de la même façon. Caden balaya le camp du regard. Combien sommes-nous maintenant ?

— Un millier au dernier décompte d'hier soir, mais nous avons probablement eu une centaine ou plus d'arrivées rien que ce matin. L'idée de laisser des messages secrets que seuls les dramans peuvent voir était astucieuse.

— Parfois, je suis frappé par le génie.

Ils rirent tous les deux. Caden sentit la présence de sa maîtresse dans son esprit avant qu'elle ne parle, et il tourna son regard vers la lisière des bois.

*Viens me parler.*

— La maîtresse appelle ? demanda Bast.

— En effet.

— Mieux vaut ne pas la faire attendre, alors.

Caden laissa le camp derrière lui et traversa les bois. Lireth et les autres dragons restaient entre eux, choisissant de se prélasser au soleil loin des arbres. Considérant combien de temps elle avait été prisonnière dans la montagne, Caden comprenait son désir d'être à l'air libre.

Il s'arrêta quand il la vit. Elle était allongée sur un tas de rochers, ses ailes massives déployées. La lumière du soleil scintillait sur ses écailles, une myriade d'arcs-en-ciel apparaissant et disparaissant au rythme de sa respiration. Caden s'approcha d'elle et s'agenouilla à quelques pas de sa tête.

— Je suis là, dit-il.

*Je sais. Je peux te sentir même quand tu es dans les bois. Les humains ont une odeur particulière que je trouve difficile à supporter. La tienne, cependant, est gérable. Puisque nous sommes liés, l'odeur est atténuée.*

Caden n'était pas sûr de comprendre ce dont elle parlait. Liés ? Il écarta cette pensée.

— De quoi vouliez-vous me parler ?

*Droit au but. C'est une des raisons pour lesquelles je t'ai choisi. Puisque tu diriges mes dramans, nous avons quelque chose à discuter.*

— Je vous écoute.

*Il y a beaucoup de gens dans ce monde qui cherchent à me nuire. Lord D'Lance est l'objet de ma colère pour l'instant, mais il y en a d'autres. J'ai reçu des nouvelles de ceux des Longs Sables qui me sont encore fidèles, qu'il y a des rumeurs parmi l'Enclave. Ils sont au courant des crimes de Lord D'Lance contre mes frères.*

— Qu'est-ce que l'Enclave ?

*Ce sont les leaders autoproclamés des dragons. Les métalliques de nos jours, en tout cas.*

— Alors ils sont de notre côté ?

*Pas du tout*, siffla Lireth. *Ils sont un pire ennemi que Lord D'Lance, mais je ne m'attendais pas à devoir m'occuper d'eux maintenant. S'ils viennent pour Lord D'Lance, nous devrons être rapides.*

— Je suis désolé, mais ne serait-ce pas bien de les laisser s'occuper de lui ? S'ils sont nombreux, ils pourraient éliminer ses défenses et le laisser vulnérable.

Lireth rétracta ses ailes et s'avança en ondulant. Elle saisit Caden dans sa griffe et l'approcha de son visage.

*Il mourra par mes flammes !*

Caden pouvait sentir la chaleur de sa rage irradiant de ses écailles. Il déglutit péniblement.

— Pardonnez-moi.

*Je dois me rappeler que tu es un humain, faible et ignorant des voies des dragons.*

Elle renifla, son souffle chaud ébouriffant ses cheveux, et le reposa.

*L'Enclave est mon ennemi. Ils ont capturé beaucoup de mes frères et les retiennent contre leur volonté encore maintenant.*

— Savent-ils que vous êtes ici ? Si c'est le cas, leur attaque contre Lord D'Lance pourrait n'être qu'une ruse.

*Maintenant tu penses comme un dragon*, dit Lireth. *Bien que je fasse confiance à mes serviteurs, je sais aussi que l'Enclave pourrait les alimenter en informations. Nous resterons sur nos gardes et nous préparerons à leur arrivée, mais même s'ils ne viennent pas, nous les affronterons au combat. Une fois que j'aurai tué Lord D'Lance, nous attaquerons l'Enclave.*

— Vous voulez emmener les draman dans le désert ?

*Oui, et tu les dirigeras. Ensemble, nous détruirons leur mode de vie archaïque et forgerons une nouvelle voie. Nous ferons plier ce monde à nos genoux.*

— Vous me faites trop d'honneur, répondit Caden. Je ferai de mon mieux pour être à la hauteur de vos attentes.

*Si tu n'y arrives pas, ta fin viendra rapidement. Je t'ai peut-être sauvé de la mort, mais je peux te la rendre d'un seul souffle.*

Caden se souvint des flammes qu'elle avait crachées lorsqu'il l'avait libérée. Elle était terrifiante même quand elle était calme, et encore plus quand elle était en colère.

— Je comprends.

*Combien de draman remplissent nos rangs ?*

— Un peu plus d'un millier. Nous grandissons si rapidement que nous avons du mal à trouver de la place pour tout le monde.

*C'est un bon problème à avoir.*

— Qu'en est-il de vos frères ? D'autres ont-ils accepté de sortir de leur cachette ?

Lireth grogna et gratta ses griffes sur les pierres sous elle.

*Pas encore. Ils craignent l'Enclave plus que moi. Je vais devoir changer cela.*

— Peut-être que lorsqu'ils verront Velbridge tomber, ils changeront d'avis.

*Cela reste à voir. Quoi qu'il en soit, ils se plieront ou tomberont sous mes flammes. Réfléchis à ce que je t'ai dit et élabore un plan pour amener les draman aux Longs Sables en un seul morceau.*

— Je le ferai.

Caden s'inclina devant elle et partit, retournant au camp. Lireth était pleine de rage. Il comprenait pourquoi, mais il craignait que la voie qu'elle empruntait ne mène qu'à la ruine.

Malgré tout, il la suivrait.

3

Le visage de Lord Klodian se plissa de surprise, puis de confusion.

— Avez-vous perdu l'esprit dans le désert ? Les dragons ne peuvent pas parler.

— Je ne le pensais pas non plus, mais je les ai entendus dans la mesa. Ceux qui vous ont attaqué et tué Vhan. Ce ne sont pas du tout des animaux sauvages. Ils sont comme nous.

— Je dois admettre que vous m'avez eu au début. L'idée que Lord D'Lance veuille le trône n'est pas hors du domaine du possible, mais le reste de votre farce frôle l'imbécillité.

— Ce n'est pas une farce, protesta Mina.

— Alors vous avez perdu la raison, surtout si vous vous attendez à ce que je croie quelque chose d'aussi farfelu.

— J'ai été avec eux dans le désert. Ils ont tout un système de grottes souterraines qui leur sert de foyer. Les choses que j'ai vues...

17

vous ne me croiriez pas. Mais je vous assure, mon Seigneur, que j'ai toujours toute ma tête. L'écaille dans ma jambe appartient à Gedrith. Lui et moi partageons un lien qui nous permet de communiquer par la pensée.

L'expression de Lord Klodian se transforma en mépris.

— Vous me dégoûtez, dit-il. Si ce que vous dites est vrai, alors vous êtes pire qu'une esclave. Ses poings se serrèrent le long de son corps.

— Que vous vouliez l'entendre ou non, c'est la vérité. Et je vous le dis parce que j'ai pensé que vous deviez savoir ce que Lord D'Lance complote. Faites ce que vous voulez de cette information, mais sachez que je vais le tuer.

Il rit d'elle, tout comme Thais l'avait fait.

— Vous n'arriverez pas à cent mètres de lui avant que ses Runiques ne vous mettent en pièces.

— Si je ne réussis pas, alors les dragons lui déclareront la guerre et ravageront tout sur leur passage.

Lord Klodian secoua la tête.

— Sortez.

Mina n'était pas complètement surprise par sa réaction, mais elle avait espéré qu'il serait plus réceptif. Elle lui fit un signe de tête et quitta la pièce. Il n'y avait rien d'autre à faire. Il était au courant de la menace que représentait Lord D'Lance. Ce qu'il choisissait d'en faire n'était pas son problème. Elle alla dans sa chambre et découvrit que ses affaires étaient toujours là. Elle fut surprise que les serviteurs n'aient pas tout jeté.

Ses vêtements étaient vieux et en lambeaux, alors elle ne prit pas la peine de les emballer. Elle sortit le coffre de cornes de dragon de sous le lit et l'ouvrit, les contemplant. Chacune d'elles provenait d'un dragon qui avait perdu la vie à cause d'elle. Sachant ce qu'elle savait maintenant, la collection lui donnait la nausée. Elle ferma le couvercle et souleva le coffre. C'était la seule chose qu'elle allait emporter.

Alors qu'elle traversait le château, les serviteurs et les nobles lui lançaient des regards curieux. Ils pensaient probablement tous l'avoir perdue dans le désert. Un sourire se dessina sur ses lèvres. Laissez-les parler. Laissez-les se poser des questions.

Elle sortit du château et traversa la cour, jetant un dernier regard à tout ce qui l'entourait. Elle avait grandi ici, et elle ressentait un sentiment doux-amer à l'idée de partir pour de bon. Bien sûr, elle ne savait pas si c'était permanent, mais elle soupçonnait qu'une fois arrivée au Dominion Dracan, toute sa vie serait différente. Si elle survivait à sa rencontre avec Lord D'Lance, en tout cas.

Gedrith la regarda approcher et elle put sentir l'odeur de freesia. Elle laissa tomber le coffre sur le sable et leva les yeux vers lui.

C'est une marque de honte.

Gedrith abaissa sa tête près du coffre et renifla l'air.

Ça pue la mort.

Mina déglutit difficilement et hocha la tête.

Ce sont les cornes des dragons qui sont morts à cause de moi.

Pourquoi les gardes-tu ?

C'était une façon de me sentir mieux d'être une esclave. Chaque dragon qui mourait était un pas de plus vers la liberté. Ou du moins, c'est ce que je pensais, avant de te rencontrer. Je les ai apportées ici parce que je veux que tu les brûles.

Penses-tu que cela t'absoudra de ta culpabilité ?

Non, répondit-elle. Rien ne le fera jamais. Cela va me hanter pour toujours.

Gedrith émit un bourdonnement en réponse, sa queue balayant le sable.

Éloigne-toi.

Elle fit ce qu'il demandait, se déplaçant pour se tenir à côté de lui. Il ouvrit ses mâchoires et libéra un jet de flammes qui mit *le feu au coffre. Mina le regarda brûler, et d'une certaine manière, elle eut l'impression que c'était son passé qui brûlait.*

*As-tu parlé à Lord Klodian ?*

*Oui.*

*Je suppose que ça ne s'est pas bien passé.*

*Non, en effet.*

*Es-tu prête à partir, alors ?*

*Mina ramassa son sac par terre et grimpa sur son épaule, s'installant sur son dos.*

*Allons-y, dit-elle.*

*Gedrith s'élança dans les airs et battit de ses puissantes ailes, les emmenant haut au-dessus du paysage. Les autres dragons les rejoignirent, volant en formation derrière Gedrith. Une fois que Mina ne put plus voir le château de Klodian, son esprit s'apaisa.*

*Es-tu déjà allé au Dominion Dracan auparavant ?*

*Oui, bien que cela fasse longtemps.*

*Combien de temps ?*

*C'était avant la trahison de Maël.*

*Alors tu y vas aussi aveuglément que moi.*

*Les humains aiment s'étendre et construire, donc je suis sûr que ce sera très différent de ce dont je me souviens.*

*Nous aurons besoin d'un endroit où rester à l'abri des regards indiscrets, dit Mina. Si* quelqu'un te voit, toi ou tes frères, ils pourraient alerter Lord D'Lance.

Je connais un endroit qui devrait être sûr. C'était autrefois le foyer d'un dragon que je connaissais avant que les couleurs ne se retournent les unes contre les autres. Cela devrait convenir à nos besoins.

Comment sais-tu qu'ils n'y vivent plus ?

Une odeur de safran lui parvint aux narines, mais elle s'estompa rapidement avant qu'elle ne puisse identifier l'émotion derrière cette odeur.

Je le sais parce qu'elle l'a abandonné. La dernière fois que je suis venu au Dominion Dracan, c'était pour la capturer.

Pourquoi capturerais-tu un autre dragon ?

C'était elle la responsable de la division entre les couleurs. Elle a rassemblé les dragons chromatiques et s'est alliée à Maël. Quand les anciens ont appris sa trahison, ils ont voulu l'emprisonner. Lorsque je suis venu la chercher, elle avait disparu. La grotte n'avait pas été habitée depuis un certain temps. Il ne restait même plus son odeur.

Est-elle toujours en vie ?

Je ne sais pas, répondit Gedrith. Je ne l'ai jamais retrouvée. Elle était déjà un dragon puissant à l'époque, il est donc probable qu'elle ne soit pas morte.

*Tu as dit que tu la connaissais. Était-elle ton amie ?*

*Il y eut une longue pause avant qu'il ne réponde. Oui. Autrefois.*

*Mina pouvait sentir un mur d'émotions turbulentes derrière ses mots, alors elle n'insista pas pour en savoir plus. Ils volèrent en silence pendant longtemps, si longtemps que les yeux de Mina commencèrent à se fermer. Elle sursauta plusieurs fois, se réveillant en sursaut.*

*Sommes-nous presque arrivés ?*

*Oui. Tu vois le château sur la droite ?*

*Mina plissa les yeux et aperçut une tache grise, mais les détails lui échappaient.*

*Plus ou moins.*

*C'est la forteresse de Lord D'Lance. La grotte que nous allons utiliser est à quelques heures de marche. Nous pourrions nous rapprocher, mais nous risquerions d'être vus. Si nous ne l'avons pas déjà été.*

*Mina regarda en bas et observa le paysage défiler à toute vitesse. S'il y avait quelqu'un en bas qui regardait vers le haut, elle ne pouvait pas le voir. Des arbres apparurent dans son champ de vision, et Gedrith entama sa descente. Il plana au-dessus de la canopée jusqu'à ce que les cimes des arbres s'éclaircissent pour laisser place à une* clairière, puis il piqua et atterrit. Mina descendit et étira ses muscles.

Où se trouve cette grotte ?

Par là. Il hocha la tête en direction de l'autre bout de la clairière. Il renifla l'air, sa tête oscillant de droite à gauche.

Qu'y a-t-il ?

Je ne suis pas sûr. Je n'ai jamais rien senti de tel auparavant. Reste ici. Mes frères et moi allons partir en éclaireur pour nous assurer qu'il n'y a rien à craindre.

Gedrith s'élança à nouveau dans les airs, rejoignant les autres dragons qui n'avaient pas encore atterri. Ils tournoyèrent au-dessus de la clairière, puis rompirent leur formation et partirent chacun dans une direction différente. Mina fit rouler son cou, essayant de faire disparaître les raideurs. Elle scruta la lisière des arbres et vit quelque chose de métallique briller.

Un instant plus tard, un monstre pénétra dans la clairière.

# 4

— On a quelques problèmes, dit Bast à Caden en revenant au camp. On manque de provisions. Les dernières tentes ont été attribuées, et il nous reste encore deux douzaines de draman qui ont besoin d'un abri.

— Répartis-les dans les autres tentes en attendant qu'on en obtienne davantage, répondit Caden.

— On manque aussi de nourriture.

— Comment ça ? Les bois sont pleins de cerfs et d'autres animaux.

— Il semble que notre présence grandissante ait fait fuir la faune. J'ai envoyé des éclaireurs plus loin, mais ils n'ont pas beaucoup de chance.

Caden fronça les sourcils et passa ses mains sur son visage, fermant les yeux pour réfléchir.

— On pourrait envoyer quelques hommes à Velbridge pour acheter des provisions.

Bast renifla, ses narines reptiliennes se dilatant largement. — Il faudra beaucoup d'argent pour nourrir tout ce monde.

Caden était bien conscient de leur manque de fonds. Il semblait que leurs problèmes continuaient de s'accroître aussi vite que leur nombre. Il savait que ce jour viendrait, mais il ne s'attendait pas à ce que cela arrive si tôt.

— Tu te souviens de ce dont on a parlé à propos des caravanes de Lord D'Lance ?

Bast sourit. — Oui.

— Il est temps de mettre ce plan en action. Rassemble un groupe de draman, pas plus de dix ou douze. Toi et moi, on va les mener pour un essai. Ça nous donnera les provisions dont on a besoin et ça lui causera quelques maux de tête.

— À vos ordres. Bast s'éloigna pour rassembler leur équipe.

*Ne l'attirez pas sur nous,* avertit Lireth. *Nous ne sommes pas encore prêts.*

— Je ne le ferai pas, dit Caden à voix haute, incertain qu'elle puisse l'entendre. Il aurait aimé pouvoir communiquer avec elle comme elle le faisait avec lui, mais jusqu'à présent, cette capacité lui échappait. Néanmoins, elle pouvait lire chacune de ses pensées, alors il visualisa les mots dans son esprit.

En moins d'une heure, Bast avait rassemblé un groupe et lui et Caden les conduisirent à travers les bois jusqu'à la route la plus proche. Des éclaireurs étaient postés à des points stratégiques, fournissant des mises à jour sur le mouvement des cargaisons allant et venant de Velbridge, et ils avaient remarqué un schéma.

— Tu es sûr que c'est aujourd'hui ? demanda Caden.

— Oui, répondit Bast. Et toujours à la même heure.

— Bien. Assure-toi que tout le monde soit caché. Je vais faire arrêter les chariots, et à mon signal, c'est là qu'ils devront se montrer. Garde un archer prêt au cas où l'un des conducteurs essaierait de s'enfuir, mais ils ne doivent pas tirer pour tuer. On veut envoyer un message à Lord D'Lance et on ne peut pas le faire si tout le monde meurt.

— On sera prêts.

Caden s'assit sur le sol à côté de la route et attendit. Finalement, le bruit des sabots de chevaux et des voix élevées atteignit ses oreilles. Il attendit que les chariots entrent dans son champ de vision et en compta trois.

Ils roulaient le long de la route, aucun garde visible.

*Bien,* pensa-t-il. *Ça devrait être sans douleur.*

Alors que les chariots se rapprochaient, il se leva et s'avança sur la route, levant la main vers le conducteur de tête. L'homme regardait vers les bois, et pendant un instant, Caden crut que le conducteur avait repéré les draman.

— Holà ! cria Caden.

Le conducteur tourna brusquement son regard vers l'avant et tira sur les rênes, forçant le chariot à s'arrêter.

— Dégagez le passage ! J'aurais pu vous écraser !

— Désolé pour ça. J'ai besoin d'aide. Vous allez à Velbridge ?

— Ouais, mais on n'a pas de place en plus. Vous êtes libre de nous suivre à pied, bien que vous pourriez y aller vous-même sans nous.

— Vous avez raison, mais je n'ai pas mangé depuis des jours, mentit Caden. Vous avez quelque chose à partager ?

— Un mendiant, alors ? Écartez-vous. Je n'ai pas de temps pour ça.

Caden siffla. Un instant plus tard, Bast et les autres se montrèrent. Ils avaient tous leurs capuches baissées, laissant leurs visages reptiliens bien visibles.

— Désolé, l'ami, mais on va confisquer vos marchandises. Vous pouvez garder vos chariots, on veut juste ce qu'il y a dedans.

— Lord D'Lance en entendra parler !

— Je vous en prie, faites-le lui savoir. Et dites-lui aussi que Caden Davtyan lui envoie ses salutations.

Les draman s'approchèrent et commencèrent à fouiller les chariots. Des cris terrifiés emplirent l'air, et Caden entendit les mots « progéniture de démon » mentionnés plusieurs fois. Bast s'approcha de lui, secouant la tête.

— Il y a plus ici que ce qu'on peut transporter.

— On va décharger et emporter ce qu'on peut au camp. Deux draman resteront en arrière avec ce qui reste et on reviendra le chercher.

— Est-ce bien prudent ? Lord D'Lance pourrait avoir ses patrouilles ici d'ici là.

— Tu as raison, dit Caden. On va cacher le reste et revenir quand ce sera sûr, alors.

— Je vais leur dire quoi faire.

Caden se retourna vers le conducteur principal, qui le fusillait du regard.

— Vous devez savoir que vous servez un tyran.

— Lord D'Lance est un homme généreux qui a le cœur sur la main pour son peuple, répondit l'homme. La seule chose que vous faites, c'est me faire du mal, à moi et à ma famille. Vous volez *mes* biens, pas ceux de Lord D'Lance.

— N'êtes-vous pas en train d'apporter ces marchandises à Velbridge pour Lord D'Lance ?

— Si.

— Alors nous volons Lord D'Lance.

— Ce n'est du vol que si c'est payé, rétorqua le conducteur. Je ne suis pas payé avant d'avoir livré. Quand j'arriverai les mains vides, je ne recevrai rien pour ma peine. Donc encore une fois, vous me volez, *moi*.

La culpabilité assaillit Caden. Il ne voulait pas que des innocents souffrent, et certainement pas de ses mains. Il regarda Bast. Le draman aidait les autres à décharger des sacs du dernier chariot, les empilant. Il était déchiré. Ses hommes avaient besoin de manger, mais les moyens de subsistance de cet homme étaient en jeu.

*Endurcis tes émotions,* ordonna Lireth. *Il n'y a pas de place pour la conscience en temps de guerre.*

Son premier instinct fut de discuter, mais son mécontentement fut mis de côté, étouffé sous le poids de sa présence. Caden serra les dents et tendit la main vers la bourse de pièces à sa taille.

*Non.*

Le mot de Lireth était un ordre. S'il lui désobéissait, elle le tuerait. Il ne voulait pas lui désobéir, mais sa morale se battait contre sa loyauté. Caden serra le poing et tourna le dos au conducteur. Il essaya de se dire que ce qu'il faisait était plus juste que mal, mais il n'en était pas convaincu.

— C'est fait, dit Bast. Tout a été déchargé. On pourra nourrir le camp pendant quelques jours avec tout ça.

Les yeux de Caden parcoururent la pile de marchandises qu'ils avaient prises. Il y avait des sacs de céréales et de riz, ainsi que des paniers en osier remplis de fruits et de légumes.

— Partez, dit Caden en se retournant vers le conducteur. Et assurez-vous de rapporter à Lord D'Lance ce que j'ai dit.

L'homme secoua la tête et fit claquer les rênes. Les chevaux avancèrent et les chariots continuèrent leur route vers Velbridge. À l'arrière du dernier chariot, la tête d'un petit enfant apparut furtivement sous la bâche.

— Ce n'est pas bien.

— Tu crois ? On peut se nourrir. Ça me semble plutôt bien et juste.

— Je suppose, grogna Caden, mais cela le troublait toujours. Enlevons tout ça de la route.

Il aida les draman à transporter tout dans les bois et ils couvrirent ce qu'ils ne pouvaient pas déplacer avec des branches et des feuilles. Lorsqu'ils revinrent au camp, Caden réalisa que la présence de Lireth semblait lointaine. Il confia ses provisions à l'un des draman et regarda autour de la ligne de tentes.

— Monsieur, un draman essoufflé accourut vers lui.

— Qu'y a-t-il ?

— Des dragons ont été aperçus.

— D'autres frères de Lireth ?

— Non, monsieur. Ce sont les couleurs métalliques de son ennemi.

Caden sprinta hors des bois vers l'endroit où Lireth se trouvait plus tôt.

Elle avait disparu.

5

Mina observait la créature avec incrédulité. Elle marchait sur deux jambes comme un humain, mais son apparence était reptilienne. Elle se rappela ce que le chef de l'Enclave avait dit à propos de Lord D'Lance mélangeant des œufs de dragon avec des humains pour créer une armée. Bien qu'elle sût que le dragon n'avait pas menti, cela la choquait toujours de voir l'une de ces choses de près.

Elle était à découvert, et avant qu'elle ne puisse essayer de se cacher, la créature l'aperçut. Elle cria quelque chose et courut vers elle. Mina dégaina son épée et adopta une posture défensive. Elle esquiva la créature lorsqu'elle l'atteignit, son épée fendant l'air sans danger. Les traits du visage semblaient masculins, et elle supposa que c'était un mâle. Il lutta pour arrêter son élan, et Mina se plaça derrière lui et lui asséna un coup à l'arrière du genou avec son pied.

Elle fut surprise que la créature ne tombe pas. Sa jambe ne plia même pas. Il se retourna en grognant. Elle recula et brandit son épée contre lui, mais il bloqua le coup avec son bras et sa lame résonna comme si elle frappait du métal. Son front se plissa de confusion et la créature profita de sa surprise. Il saisit la lame de son épée avec sa main griffue et l'arracha, la jetant au loin.

Mina se précipita vers l'arme, mais la créature la percuta, les faisant tous deux tomber au sol dans un enchevêtrement. Il était plus grand et plus fort qu'elle, et il prit rapidement le dessus, la plaquant au sol.

— Toi être à moi maintenant, dit-il.

*À l'aide !* Mina poussa l'appel à travers l'écaille.

La créature se pencha près d'elle, et elle put sentir son haleine fétide. Ça puait comme des œufs pourris. Elle tourna la tête sur le côté, luttant pour se libérer. La créature rit, des gouttelettes de salive atterrissant sur le côté de son visage.

*Gedrith !*

Une ombre passa au-dessus d'eux et la créature leva les yeux. Mina essaya de libérer ses bras, mais la créature serra sa chair plus fort et grogna. Il se leva, la tirant sur ses pieds et enroula son bras droit autour de son cou. Mina scruta le ciel, mais il n'y avait aucun signe de Gedrith ou des autres.

La créature la traîna en arrière vers la lisière des arbres. Elle fixa son épée, souhaitant pouvoir la commander magiquement dans sa main. Un rugissement fendit l'air, et elle tourna brusquement la tête dans la direction du son. Elle ne voyait toujours aucun des dragons, mais la présence de Gedrith était forte, ce qui lui disait qu'il était proche.

Un coup d'œil par-dessus son épaule révéla le malaise de la créature. Ses yeux étaient écarquillés, et il continuait de grogner doucement. Il était distrait. Mina fit un décompte silencieux puis se libéra et courut vers son épée. La créature la poursuivit, mais elle parvint à saisir son épée avant qu'il ne l'atteigne. Elle pointa la lame en avant, frappant la créature dans la poitrine, mais cela ne lui fit aucun mal. La bête était-elle imperméable aux armes ?

Un bruit de souffle remplit l'air alors que Gedrith plongeait du ciel et saisissait la créature dans ses griffes, l'écrasant. Il jeta le corps dans les arbres et atterrit.

*Es-tu blessée ?*

*Non, je vais bien. Qu'était cette chose ?*

*Ils s'appellent eux-mêmes draman. Ni humain ni dragon, mais un mélange des deux.*

*Comment sais-tu ce qu'ils sont ?*

*Mes frères et moi venons de tuer un groupe entier d'entre eux. L'un d'eux était si effrayé qu'il a babillé sur beaucoup de choses avant que je ne le fasse taire. Il y en a d'autres par ici, nous devons donc être vigilants.*

Mina rengaina sa lame et remit ses cheveux derrière ses oreilles. Elle était sur le point de dire quelque chose quand un rugissement assourdissant résonna à travers la clairière. Elle plaqua ses mains sur ses oreilles, regardant vers le ciel. Un énorme dragon noir atterrit dans la clairière, grondant de fureur. La peur du dragon submergea Mina et elle tomba à genoux, mais elle parvint à ramper derrière Gedrith.

Le dragon de cuivre enroula sa queue autour d'elle, la maintenant en place alors qu'il se tournait pour faire face au béhémoth noir.

*Alors, c'est* toi *qui massacres mes enfants. J'aurais dû savoir que l'Enclave s'abaisserait au meurtre.* La voix du dragon résonna dans l'esprit de Mina.

*Ces abominations sont les tiennes ?* répondit Gedrith. *T'es-tu également allié à Lord D'Lance ?*

Le dragon noir renifla. *Ne me mentionne pas ce nom. Je brûlerai son château et tous ceux qui s'y trouvent.*

Mina hoqueta à l'idée de Caden brûlé vif.

*Qui est le morveux ?*

*Elle est ma liée. La première cavalière depuis mille ans.*

*Je n'en serais pas si sûr.*

*La seule vraie cavalière,* précisa Gedrith. *Ces liens tordus que Lord D'Lance a créés n'ont pas été forgés volontairement.*

*Qui a dit que c'est de cela que je parlais ? Mais cela ne me surprend pas que l'Enclave soit au courant de ses manigances. Ils n'ont jamais gardé leur museau pour eux-mêmes.*

*Tu t'es allié à Maël en sachant que son but n'était que la cupidité. Ne diffame pas l'Enclave parce que tu as pris une décision stupide.*

*Que sais-tu de moi, Gedrith ? Rien. Ai-je voulu plus pour nos frères ? Oui. Compte-moi coupable de ce désir, mais tu te trompes sur ce qui est juste. Était-ce juste pour l'Enclave d'emprisonner les nôtres ?*

*Ils ont fait leur choix de te rejoindre dans ta folie, Lireth. Ils sont tout aussi coupables que toi.*

Lireth grogna. *Que fais-tu ici ? Mènes-tu l'Enclave à la guerre contre les humains ?*

*Il n'y aura pas de guerre avec les humains. Ma liée tuera Lord D'Lance et mettra fin à ses actes blasphématoires.*

*Cette humaine chétive va le tuer, vraiment ? Pas si je l'atteins en premier. Lui et moi avons une histoire, et ma vengeance approche.*

*Alors nous sommes unis dans notre cause. Peut-être que si tu nous aides contre Lord D'Lance, l'Enclave pardonnerait tes actes passés.*

*Ne gaspille pas tes mots pour moi, Gedrith. Une fois que j'aurai tué l'humain, je viendrai pour l'Enclave. Personne n'est à l'abri de ma colère, surtout pas nos frères.*

*Je ne peux pas te laisser partir en sachant que tu vas attaquer l'Enclave.*

*Me défies-tu ?*

Gedrith relâcha Mina.

— Va dans les bois, dit-il.

Mina acquiesça et sprinta vers les arbres, la peur du dragon pesant lourdement sur elle. Elle atteignit un arbre au tronc épais et se plaça derrière, jetant un coup d'œil prudent. Les deux dragons se tournaient autour, leurs queues fouettant l'air derrière eux. Ils étaient de taille égale, bien que les ailes de Lireth fussent plus grandes.

Les autres dragons qui les avaient accompagnés apparurent au-dessus de la clairière, descendant pour entourer Lireth. L'Enclave avait envoyé cinq dragons avec eux pour terroriser les forces de Lord D'Lance, et tous étaient argentés. Gedrith lui avait dit que les dragons argentés étaient les plus rapides des couleurs métalliques, et après les avoir vus voler elle-même, elle savait que c'était vrai.

Le cœur de Mina tonnait dans sa poitrine tandis qu'elle observait. Elle s'attendait à sentir le parfum de lavande de Lireth, mais au lieu de cela, elle ne captait que des effluves de rose et de safran. Ils la surpassaient en nombre. Pourquoi n'avait-elle pas peur ?

Un cri de guerre éclata de l'autre côté de la clairière et une horde de draman surgit des arbres. Un homme était avec eux, un humain, et les yeux de Mina s'écarquillèrent de surprise. Non, ce ne pouvait pas être. Elle eut le souffle coupé.

C'était Caden.

## 6

— Elle est juste là-haut !

Caden guida Bast et un contingent de draman vers une clairière où il avait repéré Lireth. Dès qu'on lui avait dit qu'on avait vu ses ennemis dans les parages, il avait su qu'il y avait un problème. Il ne pouvait pas expliquer comment, mais il savait exactement où la trouver. En entrant dans la clairière, Caden s'arrêta net.

Il y avait six autres dragons. Cinq étaient argentés et un était cuivré rougeâtre. Il était aussi monstrueusement grand que Lireth, et les dragons métalliques avaient encerclé sa maîtresse. La vue de tant de bêtes fit fléchir ses genoux et la peur le paralysa. Il regarda, impuissant, les draman se précipiter en avant, attaquant les dragons ennemis. C'était comme regarder des fourmis essayer d'abattre un arbre.

Le dragon cuivré balaya les draman et se rua vers Lireth. Elle rugit et recula, balançant ses énormes griffes vers lui. Elle le manqua et les deux s'entrechoquèrent. Caden resta figé sur place. Il se hurlait intérieurement de faire quelque chose, d'aider sa maîtresse, mais que pouvait-il faire contre des dragons ? Il mourrait sûrement. Et pourtant, il préférait mourir en défendant sa maîtresse plutôt que de la regarder tomber face à ses ennemis.

Caden utilisa chaque once de force mentale qu'il put rassembler et surmonta sa peur. Il avança péniblement de quelques pas et tira son épée, puis s'arrêta. L'acier percerait-il même les écailles d'un dragon ? Probablement pas. Il rengaina la lame et courut vers un draman qui gisait au sol. Il ne bougeait pas. Caden regarda dans les yeux ouverts du draman et n'y vit aucune vie. Il jeta un coup d'œil autour de lui et vit que plusieurs autres étaient également morts.

Lireth et le dragon cuivré se battaient toujours, formant une boule roulante de griffes vicieuses et de dents claquantes. Les dragons argentés restaient impassibles, ignorant Caden et ses hommes. Bast aidait un draman boiteux à rejoindre la lisière des arbres, et il jeta un coup d'œil par-dessus son épaule à Caden. Une fois le draman hors de danger, Bast revint et le rejoignit.

— Notre maîtresse est en infériorité numérique.

— Nous avons besoin de plus d'hommes, dit Caden.

— Non, répondit Bast. Nous n'en avons pas assez pour vaincre un seul dragon, encore moins six.

— Nous devons l'aider.

— Oui, mais comment ?

Caden n'avait pas de réponse. Comment, en effet ?

— Quel est le point faible d'un dragon ?

Bast resta silencieux. Le dragon cuivré prit le dessus et plaqua Lireth au sol, serrant ses mâchoires autour de son cou.

— Dépêche-toi !

— Sans une arme forgée par magie, le seul point faible est les yeux, répondit Bast. Tu seras brûlé vif avant de pouvoir t'approcher suffisamment pour tenter quoi que ce soit.

— Et les flèches ?

— Non. Même si tu avais l'adresse nécessaire pour toucher un dragon dans l'œil, les flèches sont trop fragiles pour percer la membrane qui recouvre le globe oculaire. Une épée pourrait le faire, mais comme je l'ai dit...

— Épargne tes mots, mon ami. Ils ne me feront pas changer d'avis. Tu es aux commandes. Si je meurs, fais tout ce que tu peux pour la sauver.

Caden sprinta vers sa maîtresse, se faufilant entre les dragons argentés qui l'entouraient. Il grimpa sur la queue du dragon cuivré et courut le long de son dos. La bête tressaillit et Caden faillit glisser, mais il s'accrocha aux écailles du dragon et continua d'avancer. Le dragon déploya ses ailes, essayant de le repousser, mais Caden se laissa tomber à quatre pattes et poursuivit sa route. Il atteignit le cou du dragon et se releva, dégainant rapidement sa lame. S'il pouvait juste frapper la créature dans l'un de ses yeux, sa maîtresse pourrait se libérer.

Avant qu'il ne puisse faire un pas de plus, le dragon relâcha Lireth et s'éleva dans les airs, se tenant sur ses pattes arrière. Caden se démena pour s'accrocher au dragon, mais ses mains glissèrent sur les écailles et il tomba, atterrissant lourdement sur le sol. L'impact chassa l'air de ses poumons et des étoiles éclatèrent devant ses yeux.

Libérée des mâchoires du dragon cuivré, Lireth se releva et bondit dans les airs, s'échappant. Les dragons argentés commencèrent à la poursuivre, mais le dragon cuivré rugit vers eux et ils restèrent sur place. Tandis que Caden luttait pour reprendre son souffle, le regard de Lireth surgit dans son esprit. Elle avait peur, mais de quoi ? Du dragon cuivré, ou d'être à nouveau emprisonnée ?

Cette pensée quitta son esprit lorsque le dragon cuivré se tourna vers lui, sa main griffue se refermant autour de lui. Il allait mourir. Il n'y avait aucun doute là-dessus. Mais il avait assuré la fuite de sa maîtresse, et ainsi avait accompli son devoir. Il ferma les yeux tandis que le visage du dragon s'approchait de lui.

— Arrête !

C'était une voix de femme. Des pas s'approchèrent, mais il n'osa pas ouvrir les yeux. Il attendait de ressentir la douleur, mais rien ne se passa. Quelques secondes s'écoulèrent, et le poids du dragon se souleva de son corps. Il entrouvrit les yeux et vit une femme debout devant lui. Elle lui tournait le dos. Ses cheveux étaient longs et blonds, et elle portait une armure avec une épée à son côté.

Elle se retourna enfin, et ses yeux s'écarquillèrent. C'était Mina ! Son excitation s'estompa rapidement. Elle ne pouvait pas être ici, pas vraiment. Soit il hallucinait, soit... il était mort. Oui, ce devait être la seconde option. Mina s'agenouilla à côté de lui et scruta ses yeux.

— Caden ? Tu m'entends ?

Sa voix était la même que de son vivant. Il lui sourit.

— Je sais que ce n'est pas réel, haleta-t-il. Mais ça m'est égal.

— Qu'est-ce qui n'est pas réel ?

— Toi. Ceci. Tout.

Mina rit.

— Tout est réel, dit-elle.

— Même toi ?

— Oui. Tiens, laisse-moi t'aider à te relever.

Elle lui tendit la main. Caden l'accepta et elle l'aida à s'asseoir, puis à se mettre debout. Les dragons le dominaient, la mort dans leurs yeux. Il aperçut son épée au sol et fit un geste pour la saisir, mais le grognement du dragon cuivré l'arrêta.

— Il ne me fera pas de mal, dit Mina, jetant un regard derrière elle. Tiens.

Elle récupéra l'épée et la lui tendit. Caden l'accepta avec hésitation et la rengaina.

— Que se passe-t-il ? Ces créatures te retiennent contre ta volonté ?

— Pas du tout. Ce sont mes protecteurs. Enfin, ceux-là le sont.

Mina fit un geste vers les dragons argentés, puis pointa du pouce derrière elle.

— Celui-ci est mon ami.

— Ami ?

— Oui. Il s'appelle... — Elle fit une pause. — Copper. Lui et moi sommes liés.

— Je ne comprends pas.

— Tu t'es cogné la tête assez fort quand tu es tombé. Tu devrais probablement te rasseoir.

— Je vais bien, dit-il. Je suis juste confus. Tu as dit que tu étais liée à un dragon. Qu'est-ce que ça veut dire ?

— Nous pouvons communiquer par la pensée, entre autres choses. Je sais, c'est beaucoup à assimiler.

Caden regarda alternativement la jeune femme et le dragon cuivré. Ils pouvaient communiquer par la pensée ? C'était ainsi que Lireth lui parlait. Cette similitude le surprit. Cela signifiait-il qu'il était lié à Lireth ? Il pouvait sentir sa présence, mais elle n'était pas proche.

— Que fais-tu ici ?

— C'est une longue histoire, répondit-elle. Pourquoi as-tu attaqué Copper ?

— Parce qu'il a attaqué mon maître.

Le front de Mina se plissa. — Ton maître ? Tu veux dire Lord D'Lance ?

— Non. Ce tyran peut bien brûler en enfer, je m'en fiche. Je parle de Lireth.

— Le dragon noir ?

— Oui.

L'expression de Mina s'assombrit. — Oh. J'ai de mauvaises nouvelles.

7

Mina se tenait aux côtés de Gedrith et observait Caden qui faisait les cent pas dans la clairière. Les autres dragons étaient entrés dans la grotte après que Gedrith leur ait dit de ne pas poursuivre Lireth, et Mina avait raconté à Caden l'histoire de son maître avec Gedrith et l'Enclave. Elle supposait qu'il devait se sentir partagé quant à sa loyauté.

*Il ne peut pas être sauvé*, dit Gedrith.

*Pourquoi dis-tu cela ?*

*Lireth est le dragon le plus trompeur que j'aie jamais connu. Si elle s'est liée à lui, elle est complètement ancrée dans son esprit.*

*Un lien peut-il être brisé ?*

*Je n'ai jamais connu de lien rompu, sauf par la mort.*

Mina sentit son cœur se serrer. Caden était son ami, et elle avait auparavant envisagé qu'ils puissent être plus que cela, mais si ce que disait Gedrith était vrai, alors elle ne savait pas comment leurs chemins finiraient.

*Quand tu as perdu Lucius, qu'as-tu ressenti ?*

*Comme si j'avais perdu une partie de moi-même,* répondit Gedrith.

*Est-ce que c'est la même chose pour les humains ?*

*Oui. Je pense que c'est pour cela qu'Areg est resté avec nous toutes ces années. Être avec nous doit lui apporter du réconfort face à la douleur. On dit que le temps guérit toutes les blessures, mais ce n'est pas toujours vrai. Certaines blessures ne guérissent jamais.*

La douleur derrière ses mots lui déchirait le cœur. Elle posa une main réconfortante sur sa patte avant. Caden arrêta de tourner en rond et se dirigea vers elle d'un pas décidé.

— Puis-je te parler ? demanda-t-il. Seul à seule ?

Gedrith grogna.

*Tout va bien,* le rassura Mina. *Caden ne me ferait jamais de mal.*

*C'est ce que tu dis. Tu ne connais pas Lireth ni ce dont elle est capable.*

*Je serai prudente.*

Mina rejoignit Caden, et ils marchèrent ensemble dans les bois jusqu'à ce que Gedrith ne soit plus visible.

— Je veux m'excuser, finit-il par dire.

— À propos de quoi ?

— Pour t'avoir embrassée au Donjon de Klodian.

Le visage de Mina s'empourpra à ce souvenir. Il l'avait laissée sans voix et confuse cette nuit-là, et puis elle avait utilisé son nouveau statut pour que Lord Klodian l'envoie au Domaine Dracan. Tout cela semblait si lointain, et pourtant, debout avec lui maintenant, c'était comme s'il n'était parti que depuis quelques jours.

— Tu n'as pas à t'excuser pour ça, dit Mina. C'était agréable.

Ils se regardèrent en silence pendant un moment, puis Caden s'approcha et posa une main sur son cou, caressant sa joue de son pouce. Son cœur se mit à battre la chamade, et elle se pencha vers lui. Il fit de même, leurs lèvres se pressant l'une contre l'autre. Un feu parcourut son corps, brûlant sous sa peau. Cela éveilla en elle des désirs qu'elle ne connaissait pas. Quand Caden s'écarta d'elle, c'était comme sortir d'un rêve.

— Je suis content que tu n'aies pas été contrariée par notre premier baiser. Je dois avouer que la peur que tu me détestes pour cela m'a empêché de dormir de nombreuses nuits. Après que Thais m'ait trahi auprès du Capitaine Eduard et m'ait fait envoyer ici, je pensais ne jamais te revoir.

— Que veux-tu dire ? Qu'a dit Thais au Capitaine Eduard ?

— J'ai trouvé quelque chose dans les ruines de Slia, une pierre. Je ne le savais pas à l'époque, mais c'est un morceau d'armure que les hommes de Lord D'Lance utilisaient pour se protéger du feu des dragons. Lord D'Lance a détruit cette ville avec ses chevaucheurs de dragons. Thais voulait que je dise au Capitaine Eduard ce que j'avais trouvé, mais j'ai refusé. La chose suivante que je sais, c'est que j'étais enfermé dans le donjon.

Mina sentit sa gorge se serrer. Il pensait que Thais était responsable de son départ du Thophate ? — Thais t'a-t-elle dit qu'elle avait parlé ?

— Non, mais elle a dû le faire. Il n'y a pas d'autre explication pour expliquer pourquoi j'ai été envoyé ici.

— Je croyais que tu voulais gagner de la gloire et des richesses ? N'avais-tu pas dit que tu voulais être transféré dans un Domaine où tu pourrais aller au combat et te faire un nom ?

— C'est vrai, mais après vous avoir rencontrées, toi et Thais, j'ai changé d'avis. Je la rencontrerai un jour sur le champ de bataille, et un seul d'entre nous en sortira vivant.

— Caden, il y a quelque chose que je dois te dire, dit Mina, baissant le ton.

— Qu'est-ce que c'est ?

— Ce n'est pas Thais qui t'a fait envoyer ici. C'est moi.

Caden fronça les sourcils, plissant le front.

— Je suis désolée. Je pensais que c'était ce que tu voulais. Après avoir sauvé la vie de Lord Klodian dans les mesas, il m'a demandé comment il pouvait me remercier. Je lui ai demandé de te transférer dans un Domaine où tu aurais du temps sur le champ de bataille. Tu as été transféré à cause de moi.

L'expression sur son visage lui fit l'effet d'un coup de poing dans l'estomac. Elle savait ce qu'il devait penser. Il devait probablement la détester maintenant et regretter de l'avoir embrassée.

— Je suis un imbécile, murmura-t-il. Tout ce temps, je pensais... Ses yeux rencontrèrent les siens, et elle eut l'impression qu'il fouillait son âme d'une certaine manière.

— Je suis désolée, répéta-t-elle.

— Ne le sois pas. Je ne suis pas en colère contre toi, juste... surpris. Je n'en avais aucune idée. Dieu merci, Thais ne connaît pas les choses que j'ai dites à son sujet depuis lors. Elle voudrait sûrement me rosser.

Un sentiment de soulagement envahit Mina comme une vague apaisante d'eau fraîche.

— Merci de ne pas être en colère. Je pensais faire la chose la plus désintéressée parce que je ne voulais pas que tu partes.

— Les choses auraient pu mieux se passer, mais il semble que tout se soit bien terminé. Nous sommes tous les deux ici maintenant, et nous avons tous les deux des compagnons dragons.

— Sauf que le tien est une meurtrière démente, dit Mina.

— Tu ne la connais pas comme moi. Elle n'a assassiné personne.

— Pas encore.

— Nos forces devraient s'allier contre Lord D'Lance. Nous sommes plus forts ensemble. Je sais qu'ils ont un passé tumultueux, mais s'unir contre un ennemi commun pour le plus grand bien est difficile à contester. Ce pourrait être le meilleur moyen pour les dragons de réparer leurs différends.

— Je ne pense pas que l'Enclave serait d'accord. Ce que Lireth a fait était impardonnable, même après tout ce temps. S'il y a vraiment un lien entre vous deux, tu connais ses pensées. Elle n'est pas simplement égarée, elle est maléfique. L'Enclave ne s'alliera jamais avec elle, et elle a clairement exprimé ses sentiments. Elle prévoit de s'en prendre à eux une fois que Lord D'Lance sera mort.

— Elle m'a dit la même chose, répondit Caden. Peut-être que l'Enclave mérite de tomber.

Mina s'éloigna de lui, fronçant les sourcils.

— Tu ne sais pas ce que tu dis. J'ai vu l'Enclave. Ils veulent ce qu'il y a de mieux pour leur espèce. Lireth ne veut que la mort et la destruction. Tu vois sûrement le problème avec ça ?

— De nouvelles choses naîtront des cendres. C'est le cycle de la vie.

— Tu as changé, dit Mina en reculant davantage. Nos destinées sont peut-être liées, mais elles ne sont pas unies.

Caden la fixa en silence. Elle pria silencieusement pour qu'il entende raison et fasse le bon choix. Son expression faciale se transforma en colère.

— C'est toi qui as changé. Tu penses me faire la leçon ? Il n'y a qu'une seule personne ici responsable de la mort de dragons, et ce n'est pas moi. Je comprends pourquoi Lireth déteste tes dragons. Ils se sont alliés à une meurtrière.

Ses mots la blessèrent profondément. Elle pouvait sentir la présence de Gedrith dans son esprit et laissa sa force l'envahir. Mina maîtrisa ses émotions.

— Pars, dit-elle.

Ils se lancèrent des regards meurtriers jusqu'à ce que Caden renifle dédaigneusement et s'en aille furieusement. Elle le regarda partir, et il ne se retourna pas une seule fois.

C'était la deuxième fois qu'elle le regardait partir, le cœur brisé.

# 8

Caden piétinait à travers les broussailles, bouillonnant de colère. Il n'arrivait pas à croire que Mina avait refusé de s'allier à lui. Elle pensait qu'il avait changé, mais elle se trompait. Ou s'il avait changé, c'était uniquement parce qu'il n'était plus aveugle. Il avait un but, un *vrai* but. La gloire et la fortune étaient ce qu'il désirait auparavant, mais maintenant il voulait s'assurer que Lireth réussisse dans toutes ses entreprises.

Il atteignit le camp et se dirigea droit vers son endroit habituel. Elle était là, l'attendant.

— Tout va bien ? demanda-t-il. J'ai essayé de t'aider, mais il n'y a pas grand-chose que je puisse faire contre un dragon.

*Je vais bien, mais je vois que ce n'est pas ton cas. Que s'est-il passé ? La colère irradie de toi comme le soleil.*

Il hésita à lui dire, mais il savait qu'elle sonderait son esprit et le découvrirait de toute façon.

— La fille aux dragons... elle s'appelle Mina. Je la connais du Dominion Thophate. Elle a dit qu'elle était liée au dragon rouge. Caden était toujours curieux à propos de ce lien, mais il ne savait pas comment aborder le sujet.

*Je connais bien Gedrith. Nous avons beaucoup d'histoire ensemble. C'est dommage qu'il ait donné sa loyauté à l'Enclave.*

— Mina aussi. Je lui ai offert une place parmi nos forces, et elle a refusé.

*L'Enclave a le don de déformer les innocents et d'en faire des zélotes de leur cause. Une fois que j'aurai réduit leur monde en cendres, leurs esclaves seront libres de penser par eux-mêmes. Je peux sentir que tes sentiments pour la fille sont forts. Tu ne dois pas laisser tes émotions obscurcir ton jugement. Il se peut qu'un jour tu doives la tuer.*

Caden était en colère contre elle, certes, mais cela ne signifiait pas qu'il voulait sa mort. Il était plutôt convaincu qu'elle finirait par se ranger de son côté, il ne savait juste pas si le dragon rouge y ferait obstacle.

*Seras-tu capable de la tuer si cela s'avère nécessaire ?*

— Je ne sais pas.

*Alors je vais te faciliter la tâche. Tu devras la tuer si tu la revois,* déclara Lireth. *C'est mon décret.*

Caden s'agenouilla devant elle et baissa la tête. Il garda son esprit clair pour qu'elle ne puisse pas discerner ses véritables sentiments concernant cet ordre.

— Comme vous le commandez, dit-il.

*Bien. Ta loyauté est plus forte que celle de mes frères. Tu as fait quelque chose que très peu ont réussi avant. Tu m'as impressionnée.*

— Je suis honoré de l'avoir fait. Sommes-nous en sécurité ici, ou devrions-nous déplacer le camp à nouveau ?

*Nous resterons où nous sommes. Si Gedrith pense m'intimider, il se trompe. Je ne le crains pas. C'est lui qui devrait me craindre.*

— Devrions-nous porter le combat jusqu'à eux ? Je peux rassembler nos forces et les mener là-bas à la faveur de la nuit.

*Non,* gronda Lireth. *J'ai besoin de plus de mes frères à mes côtés d'abord. Lord D'Lance est ta seule préoccupation pour le moment. Nous nous occuperons de Gedrith après la chute de Lord D'Lance. Je pars et je reviendrai ce soir.*

— Y a-t-il quelque chose que vous voulez que je fasse pendant votre absence ?

*Dois-je tout t'indiquer ?*

— Non, bien sûr que non.

*Bien.*

Lireth déploya ses ailes et s'envola vers le nord. Caden la regarda jusqu'à ce qu'elle ne soit plus visible, puis il retourna au camp et trouva Bast.

— J'ai besoin de quelques éclaireurs, dit-il. Deux ou trois draman tout au plus. Ils doivent être discrets.

— Est-ce pour quelque chose que le maître veut ?

— Non, c'est pour moi.

Bast hocha la tête. — Quelle est la tâche ?

— J'ai besoin qu'ils surveillent quelqu'un.

— La fille ?

— Oui.

— Très bien. Je les posterai à la grotte. Si elle va quelque part, tu le sauras.

— Merci, mon ami. Avons-nous récupéré le reste des provisions du raid de tout à l'heure ?

— Oui, répondit Bast. Nous avons assez de riz et de céréales pour tenir une semaine, peut-être plus. Ça aide, mais nous avons encore besoin de plus de fournitures.

— Si Lireth parvient à rallier ses frères, nous aurons tout ce dont nous avons besoin quand Velbridge brûlera. J'espère qu'elle nous accordera un peu de repos avant de nous faire marcher vers le désert.

— Le désert ?

— J'ai oublié de te le dire. Lireth veut attaquer le foyer des dragons métalliques après que nous nous serons occupés de Lord D'Lance.

L'œil gauche de Bast tressaillit, mais il ne dit rien.

— Cela pose-t-il un problème ?

— Non, mais nous aurons besoin de beaucoup de choses pour un voyage aussi long. Et qu'en est-il des autres Dominions ? Nous pourrions trouver des ennuis qui nous attendent, surtout à mesure que la nouvelle se répandra. Et si la nouvelle n'a pas atteint les autres Dominions, que penseront les autres seigneurs d'une armée traversant leur territoire ? Il y a beaucoup à considérer.

— Je suis d'accord, répondit Caden. Nous devrons commencer à planifier bientôt. Si Lireth obtient ce qu'elle veut, nous marcherons vers les Longs Sables avant même que les braises de Velbridge n'aient refroidi. Je vais faire une promenade.

Préviens-moi quand les éclaireurs auront quelque chose.

— À vos ordres, répondit Bast.

Caden quitta le camp et erra seul dans les bois, essayant de s'éclaircir l'esprit. Mina l'avait rempli de colère et de frustration. Maintenant que Lireth lui avait ordonné de la tuer... il sonda mentalement son esprit pour voir si elle était présente. Sa présence était là, mais faible.

*Bien*, pensa-t-il. Il avait rarement du temps pour ses propres pensées, et bien qu'il ne se souciât normalement pas du manque d'intimité, il avait des sentiments tumultueux à propos de ses nouveaux ordres. Pouvait-il vraiment tuer Mina ? Bien sûr qu'il le *pouvait*, mais le *ferait-il* ? En avait-il la conviction ? Caden était content que Lireth soit absente. Si elle savait qu'il avait des doutes sur son ordre, elle serait furieuse.

Et qu'en était-il de Bast ? Sa réaction à la nouvelle qu'ils marcheraient vers le désert pour affronter l'Enclave n'augurait rien de bon. Les draman étaient-ils aussi loyaux que Lireth le supposait ? Bast avait dit une fois que l'humanité en lui luttait contre le dragon. Peut-être souffraient-ils tous de cette bataille interne. Et si c'était le cas... eh bien, qui savait ce qui arriverait si la partie humaine l'emportait.

Si les dramans se rebellaient contre Lord D'Lance, rien ne les empêcherait de rompre les rangs avec Lireth. Ils la vénéraient comme si elle était une déesse. Bien qu'il admît qu'elle était impressionnante et intimidante, elle était mortelle tout comme lui. Elle n'était pas une déesse, peu importe comment les dramans l'adoraient.

— Arrête ça, marmonna Caden pour lui-même. Ses pensées s'égaraient trop loin pour son confort. Peut-être était-ce une bonne chose que Lireth occupe autant son esprit. Il ne pouvait pas se faire confiance autrement. Il semblait qu'il menait aussi une bataille intérieure. Il n'avait jamais douté de sa maîtresse auparavant. Pourquoi le faisait-il maintenant ? La réponse était évidente.

C'était Mina.

Elle était la raison pour laquelle il avait été envoyé loin du Thophate. Elle était aussi la raison de tout ce qu'il avait enduré. S'il était resté sous le commandement de Lord Klodian, aucune des choses terribles qui lui étaient arrivées ne se serait produite. Oui, la faute lui incombait. Elle était imprudente et indigne de confiance. Peut-être que Lireth avait raison. Elle n'était pas aveuglée par des préjugés, après tout.

Mina devait mourir.

## 9

*Mina était assise à l'entrée de la grotte devant un petit feu, le regard perdu dans ses pensées qui l'emmenaient dans un tourbillon d'émotions, son dîner depuis longtemps refroidi. Elle n'était plus la seule à être liée à un dragon maintenant. Cette idée ne lui plaisait pas, mais uniquement parce que le dragon de Caden était maléfique. Ce qui la dérangeait le plus, c'était qu'il avait essayé de la convaincre de rejoindre le mauvais côté.*

*Était-ce sa faute ? Après tout, c'était elle qui avait poussé Lord Klodian à l'éloigner. Pourtant, même si c'était vrai, elle ne contrôlait pas ses pensées et ses actions. Il avait choisi de suivre Lireth, de s'aligner sur les ténèbres. Non, décida-t-elle, ce n'était pas sa faute. Gedrith lui avait dit que Lireth était trompeuse, et Mina était convaincue que le dragon s'était lié à Caden à son insu.*

*Je pense que tu as raison de penser ainsi,* la voix de Gedrith pénétra ses pensées. *Il n'est peut-être même pas conscient qu'elle influence ses pensées.*

Mina soupira et jeta sa nourriture dans le feu, puis se leva. Son appétit avait disparu. Elle éteignit le feu et s'enfonça dans la grotte. Il faisait sombre sur quelques mètres, mais de la mousse luminescente s'étendait en toile d'araignée sur le plafond de la grotte, donnant l'impression que la pierre était fissurée.

*Ça ne me semble pas juste que Caden ne sache pas ce qu'elle lui fait,* dit-elle en s'asseyant à côté de Gedrith.

*La vie est rarement juste.*

*Je le sais mieux que quiconque. Ce que je veux dire, c'est que je ne trouve pas ça juste qu'un dragon puisse avoir autant de pouvoir sur un autre être.*

*C'est l'ordre naturel des choses. Certaines espèces sont plus puissantes que d'autres.*

Mina s'adossa contre Gedrith et fixa la mousse luminescente. Si elle voulait tuer Lord D'Lance, elle devait se familiariser avec la disposition de Velbridge et, si possible, trouver un moyen d'entrer dans le château.

*Que fait-on à propos de Lireth ?* demanda-t-elle. *Elle pourrait perturber nos plans.*

Je m'occuperai d'elle moi-même, mais je dois attendre la bonne occasion. En attendant, mes frères vont donner quelques maux de tête à Lord D'Lance. Ils prévoient d'attaquer certains de ses avant-postes à la frontière. Comme il utilise ses draman et ses chevaucheurs de dragons pour patrouiller dans la zone proche du château, c'est l'option la plus sûre pour éviter une bataille ouverte.

Bonne idée. Mina étouffa un bâillement, sa fatigue étant bien plus forte qu'elle ne le pensait.

Dors tant que tu le peux, dit Gedrith. Bientôt, nous n'aurons plus le temps de nous reposer.

Mina avait le sentiment qu'il avait raison. Elle s'endormit, et la chose suivante dont elle se rendit compte, c'était que des rayons de soleil obliques brillaient dans la grotte. Gedrith dormait encore, alors elle se leva silencieusement et se glissa hors de la grotte, jetant un regard en arrière par-dessus son épaule. Se frottant les yeux pour chasser le sommeil, elle s'étira et examina la forêt. Les oiseaux gazouillaient au-dessus d'elle, alors elle savait qu'il n'y avait pas de draman à proximité. Du moins, elle l'espérait.

Ses rêves avaient alimenté une idée, et elle voulait la mettre en œuvre avant que Gedrith ne sache ce qu'elle faisait. Son estomac était vide, mais elle n'avait pas le temps de prendre son petit-déjeuner. Velbridge l'appelait.

Mina se tourna vers le nord-ouest et entreprit le voyage vers la cité de Lord D'Lance. Si elle voulait tuer le Seigneur de la Domination, elle devait connaître la disposition de son domaine, et elle pensait que ce serait plus facile de le faire seule. Ce n'était pas comme si Gedrith pouvait l'accompagner, de toute façon. La vue d'un dragon volant vers la ville ne provoquerait pas seulement une panique, mais attirerait aussi l'attention de Lord D'Lance. Plus longtemps elle pourrait garder l'élément de surprise, meilleures seraient ses chances de réussite.

Les bois cédèrent bientôt la place à des plaines ouvertes, et au loin, Mina aperçut les murs de Velbridge. La ville en vue, elle accéléra le pas. Lorsqu'elle atteignit les portes, des gouttelettes de sueur s'étaient accumulées sur son front. Une multitude de gardes surveillaient attentivement tous ceux qui entraient et sortaient par les portes, mais autrement, ils ne harcelaient personne. Mina retint son souffle en passant devant eux, priant Avera qu'ils ne l'arrêtent pas.

Le soulagement l'envahit et elle se détendit un peu une fois à l'intérieur de la ville. Des *patrouilles étaient partout, composées à la fois d'humains et de draman. Elle fut surprise de voir les créatures se promener librement, et les citadins s'écartaient d'eux chaque fois qu'ils approchaient. La tension dans l'air était palpable, et Mina ne pouvait s'empêcher de se demander ce qui l'avait causée.*

*Elle déambula le long de la rue principale avant de tourner dans une ruelle et d'entrer dans une taverne. L'endroit était peu fréquenté, et Mina prit place au bar.*

*Un homme corpulent et chauve se précipita vers elle avec un sourire chaleureux.*

*— Que puis-je vous servir ? demanda-t-il.*

*— Quel genre de nourriture avez-vous ?*

*— Le menu habituel. Que diriez-vous d'œufs et de saucisses ?*

*— Ça a l'air délicieux.*

*— Parfait ! Et une bière pour faire passer le tout ?*

*— Avez-vous de l'eau ?*

*L'homme rit.*

*— Nous en avons, mais nous n'avons pas beaucoup de demandes pour ça. Je vous apporte ça tout de suite.*

*Mina le regarda s'éloigner en s'affairant et jeta un coup d'œil autour de la salle. La plupart des clients buvaient de la bière, et elle n'arrivait pas à croire qu'ils en consommaient* si tôt dans la journée. À la table la plus proche, un groupe d'hommes parlait de l'augmentation des patrouilles dans la ville. Mina fit semblant de s'occuper de ses affaires, mais elle écoutait attentivement leur conversation.

— Toutes ces créatures sont mauvaises pour les affaires, dit l'un d'eux. Tout le monde a peur de quitter sa maison, et je ne peux rien vendre si je n'ai pas de clients.

Un autre homme hocha la tête.

— Mon commerce s'est complètement tari en quelques jours. Je ne sais pas pour vous, mais je blâme ceux qui sont derrière cette attaque ratée. Lord D'Lance avait peut-être ces immondes bêtes depuis tout ce temps, mais j'aurais préféré qu'il les garde secrètes.

— J'ai du mal à l'admettre, mais je vais peut-être devoir faire mes bagages et déménager ailleurs si les choses ne changent pas rapidement. J'ai une famille à nourrir.

Mina fronça les sourcils. Une attaque ratée ? Elle se demanda si cela avait un rapport avec Caden. Le bruit d'une assiette la fit se retourner et elle vit que le tavernier avait apporté sa nourriture ainsi qu'une chope en bois remplie d'un liquide clair.

— Ce sera deux pièces d'argent.

*Mina porta la main à sa taille et réalisa qu'elle n'avait pas d'argent. L'expression sur son visage dut mettre la puce à l'oreille du barman, car il sourit à nouveau.*

*— Première fois ici ?*

*Elle hocha la tête.*

*— C'est offert par la maison, mais la prochaine fois, il faudra payer.*

*— Merci, mais je ne peux pas accepter...*

*— Si, tu peux et tu vas le faire, répliqua-t-il. Régale-toi !*

*Il se précipita vers un autre client avant qu'elle ne puisse argumenter davantage. Elle fixa l'assiette d'œufs fumants et envisagea de partir, mais la faim l'emporta et elle les dévora voracement. L'eau était fraîche et étancha sa soif.*

*Où es-tu ? La voix de Gedrith la fit sursauter.*

*À Velbridge. Je voulais apprendre la configuration de la ville.*

*As-tu vu les draman ?*

*Oui. La ville en grouille. Il y a eu une attaque récemment, et Lord D'Lance a renforcé la sécurité partout.*

*Pas ces draman-là. Ceux qui étaient dans les bois.*

*Mina fronça les sourcils. Que veux-tu dire ?*

*Tu es suivie.*

# 10

Caden était debout avant le lever du soleil. Le bruit d'ailes battantes l'avait réveillé. Non pas qu'il ait été dans un sommeil profond, de toute façon. Ses rêves avaient été sombres et l'empêchaient de se reposer. Il étira ses muscles et traversa le camp, se dirigeant vers l'endroit habituel de Lireth.

Il fut surpris de voir qu'elle était revenue avec plus que quelques dragons. Il y avait une douzaine de ces créatures, la plupart ayant des écailles aussi noires qu'elle, mais il y avait quatre exceptions. Deux dragons verts, un bleu et un blanc. Les verts étaient épais et massifs, mais pas aussi grands que Lireth. Le blanc était le plus petit de tous mais semblait tout aussi féroce. Parmi eux tous, le bleu attira le plus son attention.

C'était le plus grand des nouveaux venus, éclipsant le duo vert. De nombreuses écailles sur son visage étaient ébréchées ou manquantes, donnant au dragon une apparence menaçante. Là où des écailles entières étaient absentes, la chair était cicatrisée et marbrée. Il détourna le regard avant que la bête ne le regarde.

— Je vois que tu as réussi, dit Caden à Lireth.

*Leur nombre est inférieur à ce que je voulais, mais je m'en contenterai. D'autres viendront quand ils verront la dévastation que je déchaînerai sur le domaine de Lord D'Lance.*

— Ils renforceront certainement nos forces, mais il saura que nous arrivons bien avant que nous n'atteignions le château. Une douzaine de dragons dans le ciel serait difficile à manquer.

*C'est pourquoi nous allons abattre ses éclaireurs.*

— Les draman peuvent s'en charger, mais ils devront trouver un moyen de s'infiltrer dans la ville. L'endroit est rempli de gardes. Nous pouvons les envoyer devant nous, mais leur tâche sera un défi.

*Je parle des dragons qui patrouillent dans les cieux. Il n'y en a que quelques-uns. Une fois qu'ils seront hors de notre chemin, il sera sans défense face à notre assaut.*

— Tu es aussi intelligente qu'impressionnante, complimenta Caden.

*Tu énonces l'évidence. Informe Bast qu'il est aux commandes jusqu'à ton retour.*

— Retour d'où ?

*Toi et moi serons ceux qui abattront les éclaireurs.*

— À quoi vais-je servir ? Je ne peux pas blesser un dragon, ni même en attaquer un depuis le sol si je le pouvais.

*Tu monteras sur mon dos.* Lireth renifla avec dérision. Des volutes de fumée s'échappèrent de ses narines. *Utilise ton cerveau avant que je ne trouve une autre utilité pour toi.*

Caden s'inclina devant elle. — Mes excuses, dit-il. Je ne savais pas que tu allais m'accorder cet honneur.

*C'est un privilège que je t'accorde pour être lié à moi.*

— Est-ce la même chose qu'être uni ? Mina a mentionné être unie à Gedrith. Toi et moi partageons-nous le même lien ?

Lireth le considéra en silence pendant un moment.

*Oui, mais notre lien est différent. Quand je sentirai que tu es prêt, je t'en apprendrai davantage.*

— J'ai hâte de me montrer digne à tes yeux.

Caden retourna au camp et trouva Bast en train de prendre son petit-déjeuner. Il était assis à côté des braises rougeoyantes d'un feu de la veille. Leurs regards se croisèrent, et le draman se leva.

— Qu'y a-t-il ?

— Tu es aux commandes pendant mon absence. Je pars avec notre maître pour débarrasser le ciel des ennemis.

— Combien d'hommes as-tu besoin ?

— Aucun, répondit Caden. Ce n'est que le maître et moi. Ses ordres, pas les miens.

Il pouvait dire par le froncement de sourcils de Bast que le draman n'approuvait pas.

— Garde les hommes ici dans le camp, à l'exception des éclaireurs. Ils doivent être prêts pour la bataille. J'ai le sentiment qu'à notre retour, elle voudra attaquer Velbridge.

L'expression de Bast s'éclaira.

— Nous sommes toujours largement en infériorité numérique, mais les hommes seront prêts.

— Ça ne devrait pas être un problème. Certains des alliés de notre maître l'ont rejointe.

— Nous pourrions bien avoir notre vengeance, dit Bast.

— En effet. Des nouvelles des draman dans les bois ?

Bast regarda au-delà de Caden, vers Lireth.

— Rien encore, mais je leur ai demandé de faire un rapport toutes les douze heures. Je devrais avoir quelque chose pour toi à ton retour.

— Bien. Elle veut tuer Lord D'Lance autant que n'importe lequel d'entre nous, mais je doute qu'elle s'approche des portes du château avant d'être capturée. Elle n'est pas une soldate, alors je ne comprends pas pourquoi elle pense qu'elle réussira.

— Qui sait. Peut-être a-t-elle l'esprit malade. Cela peut pousser les gens à faire des choses étranges.

— Je ne peux qu'espérer que ce soit vrai. Je reviendrai dès que possible.

Caden alla à sa tente et enfila une cotte de mailles. Il ne voulait pas être trop alourdi, surtout si les choses tournaient mal et qu'il était forcé de s'échapper seul. Il ceignit également son épée, bien qu'il ne sache pas pourquoi il s'en donnait la peine. Ce n'était pas comme s'il pouvait abattre un dragon avec.

Il s'arrêta à la tente du cuisinier et prit du fromage et du riz, les avalant rapidement en retournant vers la position de Lireth. Elle était avec ses frères, et ils étaient tous rassemblés en cercle. Caden attendit à proximité, observant les détails des autres dragons noirs. Lireth était plus longue et plus grande que tous les autres. Il soupçonnait que cela avait quelque chose à voir avec son âge, mais ce n'était qu'une supposition. Les dragons se séparèrent, et Lireth le regarda.

*Viens. Le sang de nos ennemis pleuvra sur le sol.*

Caden grimpa sur son dos, se sentant submergé et indigne. Il s'assit entre ses épaules et s'agrippa aux écailles de son cou. Elle déploya ses ailes et s'envola, le vent le secouant violemment. Il s'accrocha aussi fort qu'il le put, mais il ne faisait pas le poids face aux forces de la nature. Il perdit sa prise et fut projeté en arrière, s'écrasant contre le dos de Lireth et se cognant la tête.

*Ta prise est trop faible. Si tu ne peux pas tenir, tu tomberas à ta mort.*

Ses paroles sinistres lui donnèrent l'impulsion nécessaire pour se forcer à se redresser, et il s'agrippa à nouveau à ses écailles. Il découvrit que ça l'aidait de se pencher bas, pratiquement en l'étreignant. Le vent le battait toujours, mais ne menaçait plus de le faire tomber de son dos. Peu de temps après le début de leur vol, Caden entendit un rugissement devant eux. Il leva la tête et cligna rapidement des yeux, essayant d'empêcher qu'ils ne soient arrachés de leurs orbites.

Un dragon venait vers eux. Il n'en était pas sûr, mais il semblait que quelqu'un se tenait sur son dos. Lireth beugla et s'orienta sur sa trajectoire. Si Caden n'avait pas vidé sa vessie plus tôt, il était certain qu'il se serait uriné dessus maintenant. Il pouvait voir le sol en bas, mais le fait de ne pas avoir les pieds fermement plantés dessus lui retournait l'estomac.

Il observa, impuissant, le dragon se rapprocher régulièrement. Lorsqu'il fut presque sur eux, Lireth fit un tonneau vers la droite, arrachant un cri à ses lèvres. Ses bras et ses jambes semblaient glisser, et juste au moment où il pensait qu'il allait tomber, Lireth se stabilisa et souffla un torrent de feu sur leur ennemi alors qu'ils se croisaient.

Les flammes passèrent inoffensivement sur l'autre dragon, mais le cavalier sur son dos hurla lorsqu'elles le submergèrent. Le feu grésilla puis disparut, et Caden vit qu'il ne restait plus rien de la personne. Lireth fit demi-tour et se lança à la poursuite du dragon. Elle étendit ses pattes avant et écarta largement ses griffes. Tandis qu'elle plongeait, Caden retint son souffle.

# 11

*Pourquoi me suivraient-ils ?* demanda Mina.

*Je suis sûr qu'ils sont associés à ton ami.*

*Ce n'est plus mon ami. Plus maintenant.*

Cet aveu lui faisait mal. Caden avait été la première et la seule personne à devenir son ami malgré sa difformité. Le voir marcher vers la destruction aux côtés de Lireth lui brisait le cœur, mais elle avait essayé de le dissuader de suivre cette voie. Elle avait fait sa part. La décision de se détourner du mal lui appartenait.

La main de Mina dériva vers la poignée de sa lame, et elle scruta la pièce. Deux draman étaient assis à une table près de la porte. Elle ne les avait pas remarqués auparavant, mais elle ne prêtait pas non plus beaucoup d'attention aux gens autour d'elle.

*Tu dois être plus vigilante,* dit Gedrith.

*Je pensais justement la même chose. Personne d'autre que Caden ne sait qui je suis, et je ne m'attendais pas à ce qu'il me fasse surveiller.*

*Tu devrais revenir à la grotte. Ils n'oseront rien tenter avec moi et mes frères à tes côtés.*

*J'ai autre chose en tête. Si Caden pense qu'il est le seul à avoir des tours dans son sac, il va être surpris.*

Mina quitta la taverne et se dirigea vers le château d'un pas vif. En tournant dans une autre rue, elle jeta un coup d'œil désinvolte derrière elle et aperçut les deux draman de la taverne. Gedrith avait raison, elle *était* suivie. Les créatures gardaient leurs distances, et Mina décida qu'elle n'était pas en danger.

Elle atteignit les murs qui séparaient le château de la ville et longea le périmètre, cherchant un moyen discret de les franchir. Des gardes lourdement armés étaient postés tous les quelques mètres, et ils la regardaient avec méfiance tandis qu'elle marchait.

*Lord D'Lance a protégé le château comme s'il était rempli de trésors,* dit-elle à Gedrith.

*Il retient des dragons et des œufs captifs. Ils valent plus que l'or et les pierres précieuses. Les deux lui donnent plus de pouvoir que l'argent ne pourrait jamais en acheter.*

*Je suppose que tu as raison. Il n'a peut-être pas peur de montrer ses dragons et ses draman au monde, mais il a clairement peur de perdre ceux qu'il n'a pas encore convertis à sa cause.*

*Ils n'ont pas été convertis,* dit Gedrith. *Ils sont liés contre leur volonté. Qu'ils soient enfermés dans le château ou non, ce sont des prisonniers.*

Mina parcourut toute la longueur du mur et s'engagea dans une ruelle. C'était un cul-de-sac, qui la menait à un mur trop haut pour être escaladé. Un tas d'ordures était le seul endroit où se cacher, et elle grimaça en se dissimulant précipitamment parmi les immondices. Elle se pinça le nez et attendit.

Quelques instants plus tard, les deux draman apparurent. Ne la voyant pas, ils furent déconcertés et commencèrent à se parler dans une autre langue. Mina resta parfaitement immobile, respirant aussi doucement qu'elle l'osait. Les draman se mirent à se disputer puis quittèrent la ruelle en trombe, tournant à droite. Mina attendit encore un moment avant de sortir des ordures. Elle courut jusqu'au bout de la ruelle et jeta un coup d'œil au coin. Les draman se disputaient toujours.

Elle les suivit, se cachant dans les embrasures de portes ou se fondant dans la foule pour éviter d'être vue. Ils retournèrent à la taverne où ils étaient plus tôt, et Mina chercha les gardes humains les plus proches. Un groupe d'entre eux marchait le long de la rue, et elle les intercepta.

— Oh, Avera soit louée, vous êtes là ! Il y a deux de ces créatures dans la taverne.

— Les draman sont des gardes officiels de l'armée de Lord D'Lance, dit l'un d'eux avec dédain, mais l'expression sur son visage indiquait à Mina qu'il n'en était pas heureux.

— Ce ne sont pas les hommes de Lord D'Lance, monsieur. Ce sont des déserteurs.

Cela attira l'attention de tous les soldats.

— Comment le savez-vous ?

— Je les ai entendus comploter pour nuire à Lord D'Lance.

— Vous dites qu'ils sont deux ?

— Oui, monsieur. Ils sont aussi armés d'épées.

L'homme regarda ses compagnons et fit un signe de tête en direction de la taverne. Ils rompirent la formation et se dirigèrent vers le bâtiment.

— Nous allons nous en occuper, dit le soldat.

Mina les regarda converger vers l'endroit et y entrer en trombe. Un tumulte éclata à l'intérieur, et les deux draman furent escortés dehors de force. Ils furent enchaînés et les soldats les conduisirent vers le château. Mina sourit. Elle pouvait jouer au jeu de Caden toute la journée, et elle gagnerait. Il avait peut-être une armée avec lui, mais il ne pouvait pas ouvertement les faire marcher après elle. Il était coincé dans l'ombre tandis qu'elle pouvait se déplacer librement.

*C'était ingénieux,* rit Gedrith.

*J'ai appris beaucoup de choses au service de Lord Klodian, dont l'une était comment être mesquine. Caden ne sait pas dans quoi il s'embarque.*

*Fais attention à ce que le goût de la haine ne t'aveugle pas. Certaines lignes ne peuvent jamais être effacées une fois franchies.*

*Je ne suis pas aveugle,* répondit-elle. *Je lui donne une leçon. Ce n'est pas parce qu'il a gagné du pouvoir qu'il peut en faire ce qu'il veut.*

*Lireth va le pousser à la folie. Elle est peut-être déjà en train de le faire. Cela ne me surprendrait pas qu'il essaie de te tuer.*

Mina fronça les sourcils. Elle ne voulait rien avoir à faire avec Caden, mais cela ne signifiait pas qu'elle voulait qu'il meure. Si Lireth tordait son esprit au point de le pousser à essayer de la tuer, serait-elle capable de l'arrêter ? Et sinon, aurait-elle la force de le tuer en premier ? Elle n'en était pas si sûre.

*Espérons que ça n'en arrivera pas là*, dit-elle.

*À moins qu'il ne la quitte, une bataille entre vous deux est inévitable. Tu es la championne de l'Enclave, et il est le sien. Une fois Lord D'Lance mort, je ne doute pas qu'il y aura une guerre parmi les dragons.*

*Tant que cette guerre ne déborde pas sur l'humanité, qu'ils se battent.*

*Il n'y a plus de "ils" désormais. S'il y a une guerre, tu seras impliquée.*

Mina n'aimait pas l'idée d'être au milieu d'une guerre avec des hommes, et encore moins avec des dragons. Si Caden ne changeait pas d'avis et ne trouvait pas un moyen de rompre son lien avec Lireth, alors au fond d'elle-même, elle savait qu'ils finiraient par se retrouver en guerre l'un contre l'autre.

Et cela l'effrayait plus que tout.

*Caden serra la mâchoire contre la peur qui montait en lui. Lireth s'écrasa sur l'ennemi, ses griffes raclant les écailles du dragon. Une colère brute emplit l'esprit de Caden, et il savait qu'elle venait de Lireth. Sa rage était écrasante et le rendait étourdi. Il resserra sa prise sur elle et tenta d'ériger un barrage mental.*

*Feu. Mort. Furie.*

*Des images et des émotions tourbillonnaient chaotiquement devant ses yeux, réelles et pourtant imaginaires. Un souvenir lointain surgit brièvement, une scène de dragons se battant les uns contre les autres. Aussi vite qu'il était entré dans son esprit, il disparut, le laissant chancelant.*

*Fumée. Cadavres. Désolation.*

*Caden utilisa toutes ses facultés mentales pour repousser ces images. L'esprit clair, il vit*

que *Lireth tenait l'autre dragon à sa merci.*
*D'un coup puissant, elle déchira la membrane*
*de l'aile du dragon avec ses serres. La bête*
*poussa un rugissement de douleur et plongea*
*vers le sol. Caden détourna les yeux.*

*Les traîtres sont condamnés à mort.*

*Même s'ils y sont forcés ? Caden posa la*
*question sans savoir si Lireth l'entendrait.*

*Tu as appris à communiquer par la pensée*
*tout seul. Je suis impressionnée. Peu importe*
*que Lord D'Lance ait forcé le lien ou non, ils*
*sont souillés par lui et ne peuvent pas être*
*dignes de confiance. Ils ne sont pas aptes à*
*nous rejoindre tant qu'il n'est pas mort.*

*Quand il mourra, les liens seront-ils*
*détruits ?*

*Oui. Sa magie mourra avec lui.*

*Bien.*

*Il reste quelques dragons en patrouille à*
*éliminer, puis nous lancerons notre attaque.*

*Caden se raidit. Nous ne sommes pas prêts.*
*Nos draman sont encore en infériorité*
*numérique, sans parler du fait que nous*
*n'avons pas assez de provisions.*

*Mes frères et moi ferons la majeure partie*
*du travail. Toi et les draman entrerez dans la*
*ville après que nous l'aurons ravagée. Vous*
*concentrerez vos efforts d'abord sur les*
*soldats, puis le reste pourra être tué.*

*Le reste ?*

*Quiconque vit sous la bannière de Lord D'Lance est également sujet à sa punition.*

*Mais... et s'ils sont innocents ?*

*Aucun humain n'est innocent. Ce sera une leçon durable pour quiconque penserait à nuire et contrôler les dragons.*

Le visage de Caden se plissa d'inquiétude. Comment pouvait-elle lui demander de tuer des innocents ? Au fond de son esprit, un souvenir resurgit. La nuit où il avait tué l'assassin potentiel de Lord D'Lance. S'il avait su alors ce qu'il savait maintenant, il aurait laissé l'homme vivre. Lord D'Lance était mauvais et méritait son sort, mais les gens qui vivaient à Velbridge étaient innocents, n'est-ce pas ?

Peut-être pas. Peut-être étaient-ils aussi mauvais que leur seigneur, mais meilleurs pour cacher leurs atrocités. Même lui avait parfois des pensées sombres. Il n'agissait pas en conséquence, mais cela ne signifiait pas que d'autres personnes s'en abstenaient. Il supposait que Lireth avait raison. Ces gens devaient être punis. Anéantir la ville serait une leçon sévère, mais une qui ne serait jamais oubliée.

*Très bien, dit Caden. Nos forces seront prêtes à ton commandement.*

*Je savais que ma confiance était bien placée en toi.*

Lireth vira vers l'ouest et fila au-dessus du paysage. Caden s'accrocha fermement, l'excitation bouillonnant en lui. Toute sa vie, il avait voulu montrer aux autres qu'il n'était pas nécessaire d'être un tyran pour avoir la gloire et les richesses, et maintenant il allait le prouver. Il aiderait Lireth à effacer le mal du Dominion Dracan, et le peuple se réjouirait.

Et s'ils ne le faisaient pas, alors eux aussi seraient détruits.

La patrouille suivante qu'ils rencontrèrent était totalement impréparée à la fureur de Lireth. Il avait pensé que le dragon solitaire précédent avait été une proie facile pour sa maîtresse, mais elle prouva que la mort de cette créature avait été miséricordieuse en comparaison. La patrouille était composée d'un trio de dragons avec leurs cavaliers, et ils tombèrent sous ses flammes et ses griffes avec une violence qu'il n'avait jamais vue auparavant. Lorsque leurs corps tombèrent du ciel et heurtèrent le sol, elle plongea et déchiqueta leurs formes sans vie membre par membre.

Caden se délectait de la puissance de sa maîtresse. Personne ne pouvait l'arrêter. Elle aurait sa vengeance sur Lord D'Lance, sur *l'Enclave... le monde brûlerait, comme elle l'avait dit. Quand ils revinrent au camp, ils étaient tous deux couverts de sang.*

*Prépare les draman. Une fois que la ville sera en feu et que le château sera tombé, envoie-les.*

*À vos ordres, répondit Caden.*

*Il traversa le camp en criant le nom de Bast. Le draman accourut.*

*— Qu'y a-t-il ? Tu vas bien ? Il s'arrêta net et renifla l'air. C'est du sang de dragon. Bast regarda au-delà de lui vers l'endroit où Lireth restait habituellement.*

*— Tout va bien, mon ami. Lireth a débarrassé le ciel des patrouilles en préparation de notre attaque. Rassemble les hommes. Nous partons en guerre.*

*— Maintenant ?*

*— Oui. Une fois que Lireth aura détruit le château, nous balayerons la ville et nous occuperons des autres.*

*Bast hésita, mais il hocha la tête, ses pupilles reptiliennes se réduisant à de fines fentes. — Je suis convaincu qu'elle nous mènera à la victoire.*

*— Pour sa gloire, répondit Caden.*

*Il quitta Bast et se dirigea vers le ruisseau dans les bois. La puanteur du sang de dragon lui donnait la nausée. Il ne prit pas la peine d'enlever son armure en marchant dans l'eau et commença à laver le sang.*

*Mettant ses mains en coupe, il apporta un peu d'eau froide à son visage, inspirant brusquement lorsqu'elle éclaboussa sa peau. Il enleva la plupart de la crasse, mais ne s'embêta pas à nettoyer l'armure en profondeur. Ils verseraient bientôt plus de sang, et il ne voulait pas gaspiller ses efforts. Quand il sortit du ruisseau, Bast l'attendait.*

*— Nous n'avons pas assez d'hommes, dit le draman.*

*— Je sais, mais notre maîtresse et les autres dragons réduiront la plupart des défenses de la ville, donc nous n'aurons pas grand-chose à affronter. Si les soldats de Lord D'Lance n'ont pas fui quand nous arriverons, ce sont soit des imbéciles, soit des fous.*

*Caden essuya l'eau de ses yeux et de son visage et regarda Bast droit dans les yeux. À en juger par son comportement, il pouvait dire que Bast était mal à l'aise.*

*— Si je n'étais pas confiant à ce sujet, je ne te le demanderais pas, ni à eux. Lireth ne peut être arrêtée par rien de ce que Lord D'Lance a à son service.*

*— J'espérais que plus de mes frères nous auraient rejoints. Tuer les miens me semble... immoral. Tous ceux sous l'influence de la*

magie de Lord D'Lance resteront et se battront tant qu'il sera en vie.

— Je comprends tes réserves. J'ai les miennes, mais c'est la bonne voie. Une fois ce tyran mort, le monde s'en portera mieux. Si c'était facile de s'opposer à l'injustice, tout le monde le ferait.

Bast soupira.

— Je sais que tu ne nous mènerais pas sur la mauvaise voie, mais mon côté humain a des doutes. Je ferai confiance au plan de notre maître. Si tout se passe bien, nous aurons enfin un peu de paix.

— Ce n'est que la première étape vers la paix. L'Enclave tombera ensuite.

— Et après ça ?

Caden haussa les épaules.

— Nous irons là où Lireth voudra et ferons ce qu'elle ordonnera.

Bast inclina la tête et partit en silence. Il n'avait peut-être rien dit, mais Caden reconnaissait le conflit intérieur du draman. Ce n'était pas très différent du sien, mais alors que son lien avec Lireth lui donnait la force et la sagesse de voir au-delà des doutes, Bast n'avait pas cet avantage.

Peut-être que le draman avait fait son temps.

# 13

Mina passa quelques heures à observer les portes du château, et elle put enfin déterminer une rotation précise des gardes. Ils changeaient toutes les heures, mais lors du changement, ceux qui étaient remplacés attendaient jusqu'à ce qu'ils soient relevés. C'était précis, ne lui laissant aucune opportunité de pénétrer dans l'enceinte du château.

Lorsque Mina commença à avoir faim, elle réalisa qu'il était déjà passé midi. Sans argent pour acheter de la nourriture, elle décida de retourner à la grotte pour voir si elle pouvait trouver quelque chose. En parcourant les rues, elle remarqua que les gens regardaient le ciel en le pointant du doigt. Elle ralentit le pas et leva les yeux. Au début, elle ne vit rien d'autre que quelques nuages épars.

— Est-ce que ce sont les patrouilles aériennes de Lord D'Lance ? demanda quelqu'un.

Mina plissa les yeux et distingua une douzaine de taches qui grossissaient régulièrement. L'Enclave avait-elle envoyé plus de dragons pour harceler Lord D'Lance ? La foule de gens qui s'arrêtaient pour regarder continuait de grossir, et ils spéculaient sur la nature de ces formes. Au fil des secondes qui se transformèrent en minutes, la vérité devint évidente.

L'estomac de Mina se noua, mais ce n'était pas à cause de la faim. Les formes inconnues étaient des dragons, mais ils n'étaient pas métalliques comme Gedrith et ses frères. C'étaient des dragons chromatiques. Et celui qui les menait était le behemoth noir lié à Caden. L'esprit de Mina lui hurlait de courir, mais ses jambes restèrent figées sur place. La peur des dragons était palpable dans l'air, et elle regarda, impuissante, les dragons descendre sur Velbridge.

Ils rugirent, leurs cris de guerre si forts qu'elle crut devenir sourde. Lireth passa au-dessus de la foule et déchaîna son feu. Les flammes baignèrent les bâtiments le long de la rue, les embrasant. La chaleur roussit ses cheveux et brûla sa peau. Un cri perça l'air, et

Mina eut pitié de la personne avant de réaliser que c'était le sien.

*Où es-tu ?* La voix de Gedrith trancha à travers la peur et elle s'effondra à genoux.

*Je suis toujours à Velbridge. Lireth vient d'attaquer !*

*J'arrive te chercher.*

*Non ! Même avec tes frères, nous sommes en infériorité numérique. Je vais essayer de sortir de la ville.*

*Combien sont avec elle ?*

Mina regarda prudemment vers le ciel et vit de nombreux dragons noirs, quelques verts, ainsi qu'un bleu et un blanc.

*Plus d'une douzaine,* dit-elle.

*Elle a donc trouvé des alliés. La ville sera détruite avant que l'Enclave puisse envoyer de l'aide. C'est à moi et à mes frères d'agir.*

*Elle va te tuer.*

*Si je meurs en te protégeant, alors j'aurai fait mon devoir. Rapproche-toi des murs si tu ne peux pas t'échapper de la ville. J'arrive.*

Mina ne prit pas la peine d'argumenter avec lui. Elle se releva avec difficulté et commença à courir le long de la rue, se dirigeant vers le sud en direction des portes principales. Une épaisse fumée remplissait l'air, brûlant ses yeux et ses poumons. Elle toussait et enfouit sa bouche dans le creux de son coude, essayant de ne pas l'inhaler. La chaleur émanant des bâtiments en feu la poussa à tourner dans une rue latérale, et elle trébucha sur un corps inerte.

Elle tomba, se cognant violemment le côté du visage contre les pavés. Le corps sur lequel elle avait trébuché était celui d'une femme, et un petit enfant, une fille, était assise à côté, des larmes coulant sur son visage. La fillette pleurait et remuait les lèvres, mais Mina pouvait à peine l'entendre. Elle adressa une rapide prière à Avera pour ne pas être vraiment devenue sourde et rampa vers l'enfant.

— Viens avec moi, dit-elle, sans savoir si elle criait ou non. Elle tendit les mains et l'enfant s'accrocha à elle. Mina la serra contre elle et se releva, poursuivant sa traversée de la ville en flammes. Elle passa devant d'autres corps, la plupart carbonisés, et finit par retrouver son chemin vers l'artère principale.

De petits groupes de personnes s'étaient rassemblés et tentaient de combattre les flammes, mais Mina pensait que leur entreprise était vouée à l'échec. À moins que Lireth et les autres ne soient repoussés, il ne resterait rien après leur déchaînement.

Un vieil homme grisonnant rassemblait les plus vulnérables autour de lui, et Mina dévia ses pas vers lui pour lui confier l'enfant. Elle ne pouvait pas s'occuper de la fillette, même si elle le voulait. Avec l'enfant aussi en sécurité que possible, elle sprinta vers les portes principales. Un nombre démesuré de personnes fuyant la dévastation bloquait la sortie, et elles se poussaient et se bousculaient les unes les autres.

*Je suis près des portes, mais je ne peux pas sortir,* dit Mina.

La fumée au-dessus tourbillonna et se dissipa pour révéler Gedrith. Il atterrit au sommet du mur, ses griffes arrière s'accrochant à la pierre pour garder l'équilibre. Sa tête pivota d'avant en arrière, ses yeux énormes scrutant le ciel au-dessus de la ville.

Mina repéra des escaliers menant au sommet du mur et courut vers eux, les montant deux par deux. Elle grimpa rapidement sur le dos de Gedrith et regarda Velbridge. Une brume de fumée cachait la majeure partie du paysage urbain, mais elle pouvait clairement voir Lireth et ses sbires enflammer d'autres parties de la ville. Les flammes n'avaient pas encore atteint le château, cependant.

*Nous devons aller chercher de l'aide.*

*Il n'y a pas le temps,* répondit Gedrith.

*N'y a-t-il aucun moyen de prévenir l'Enclave ?*

*Je peux envoyer l'un de mes frères d'argent, mais même avec leur vitesse, il sera trop tard avant que l'aide n'arrive. La majeure partie de la ville brûle déjà.*

*Je suis moins préoccupée par la ville que par les gens, sans parler de Lord D'Lance. Pourquoi n'est-il pas venu combattre Lireth ? Où sont ses dragons ?*

*Peut-être n'en a-t-il pas autant que nous le pensions.*

Comme pour rejeter cette affirmation, un cor retentit au loin. Un instant plus tard, d'autres dragons emplirent l'air et une bataille éclata.

*Nous devrions aider les gens à se mettre en sécurité,* dit Mina.

*Non, nous devrions rejoindre le combat. Si mes frères et moi avons de la chance, nous pourrons tuer Lord D'Lance et Lireth en même temps.*

Mina regarda tour à tour les dragons et la ville. Elle ne savait pas quoi faire. Chaque option comportait ses propres risques, mais elle ne voyait pas comment elle pourrait vraiment aider contre les autres dragons.

*Tu es ma cavalière, et ta place est avec moi,* dit Gedrith. *Tu dois arrêter de douter de toi et apprendre à me faire confiance.*

Il avait raison. Elle le savait, mais elle avait toujours des réserves.

*D'accord,* répondit-elle. *Finissons-en.*

Elle dégaina son épée et il s'élança dans les airs, le vent de ses ailes repoussant la fumée dans toutes les directions. Ici et là, elle apercevait des sections ravagées de la ville. Cela lui brisait le cœur de voir tant de corps jonchant les rues. Les trois dragons d'argent que l'Enclave avait envoyés les rejoignirent, formant une formation en flèche devant eux.

*Mes frères viseront Lord D'Lance.*

*Et nous ?*

*Nous nous occuperons de Lireth.*

Alors qu'ils se rapprochaient de la bataille, Mina vit que Caden n'était pas avec Lireth. En fait, aucun des dragons de Lireth n'avait de cavalier.

*Attends. Quelque chose ne va pas.*

*Qu'y a-t-il ?*

*Si Caden n'est pas avec Lireth, où est-il ?*

Elle scruta le sol et trouva sa réponse. Il était à terre, menant une force de dramans vers la ville.

# 14

Caden se tenait aux côtés de Bast devant leur armée de dramans, observant Lireth et ses frères semer la destruction sur Velbridge. Les flammes dépassaient les murs, et une épaisse fumée s'élevait dans le ciel au-dessus de la ville, formant un immense nuage gris.

— Maintenant ? demanda Bast.

— Pas encore.

Il attendait que Lireth donne l'ordre, mais il craignait qu'elle ne soit trop emportée par ses émotions. Une joie violente emplissait son esprit à travers leur lien, et sa peau picotait face à la puissance pure qu'elle déployait. Des torrents de feu jaillissaient de sa gueule, incinérant tout ce qui se trouvait en dessous, y compris des portions du mur de pierre.

— Notre maîtresse ne laissera rien debout, dit Bast. Cet endroit sera un symbole de sa vengeance pour les siècles à venir.

Caden n'en doutait pas, mais il doutait de la loyauté de Bast, surtout après leur dernière conversation. Il jeta un coup d'œil en biais au draman en réfléchissant à la façon de s'occuper de lui. Beaucoup de leurs forces allaient probablement périr dans la ville, et il pourrait utiliser cela pour justifier l'absence de Bast. Lireth était tellement absorbée par sa vengeance qu'il doutait qu'elle lise ses pensées.

— C'est le moment, dit Caden à voix haute. À la ville !

Une acclamation s'éleva des dramans derrière lui, et ils commencèrent leur marche vers Velbridge. Caden avançait rapidement, menant la charge vers les murs. Une vague de chaleur le frappa avant qu'il ne soit à une centaine de mètres. Il s'arrêta et chancela en arrière, mais les dramans continuèrent, imperturbables face à la température extrême. Bast encourageait ses compagnons à avancer, mais il resta aux côtés de Caden.

— Tout va bien ?

— La chaleur est un peu trop intense pour moi.

— Je pensais que ton armure te protégeait de la chaleur du feu de dragon ?

Caden observa les dramans continuer devant eux, inconscients du fait que leurs chefs étaient maintenant à l'arrière. Il saisit la poignée de son épée et hésita. Et si Bast n'était pas déloyal ? Et s'il avait mal interprété les paroles du draman ? Si c'était le cas, le tuer serait une erreur.

Et pourtant... s'il avait raison, il protégerait Lireth et arrêterait la dissension avant qu'elle ne se propage aux autres.

— Qu'y a-t-il ? Bast le fixait dans les yeux.

— Je suis désolé, mon ami.

Caden dégaina sa lame et se jeta en avant, visant de la pointe de l'épée le point vulnérable du cou du draman qui n'était pas protégé par l'armure. Bast bougea avec une rapidité qui le surprit, et le draman leva sa propre lame, déviant le coup de Caden sur le côté dans un bruit métallique.

— Que fais-tu ? siffla-t-il.

— Tu as perdu confiance en notre maîtresse, répondit Caden en tournant vers la gauche. Bast reproduisit ses pas vers la droite.

— J'ai prêté serment. Je ne reviendrais jamais sur ma parole.

— Comment puis-je le savoir ? Tu remets en question sa décision de marcher vers Les Longs Sables. Si tu lui étais loyal, tu ne l'aurais pas fait.

— Bah ! Tu es aveuglé par quelque chose, mais je ne sais pas quoi. Ce n'est pas parce que je pose des questions que j'ai renié mon serment. Lireth m'a sauvé. Elle nous a tous sauvés.

— Elle m'a sauvé de la mort, dit Caden. Je vois plus clairement que toi, apparemment. Je ne la remettrais jamais en question.

— Nous marchons vers la victoire, et tu m'attaques pour rien. Je t'en prie, faisons la paix et combattons ensemble comme des frères d'armes.

Caden savait que le draman essayait de le tromper. Il s'élança en avant, donnant des coups d'estoc. Une fois de plus, Bast para le coup, reculant hors de portée de Caden au lieu de lancer sa propre attaque. Le draman était rusé, mais Caden ne se laisserait pas berner. Il passa à l'offensive, frappant et poignardant. Bast était son égal, sinon son supérieur, et le draman déviait chaque coup, reculant au lieu de le combattre.

— Bats-toi, espèce de lâche !

— Tu es fou, dit Bast, ses pupilles reptiliennes réduites à de simples fentes. Arrête cette folie avant que...

— Avant quoi ? exigea Caden.

— Avant que l'un de nous ne meure prématurément. Notre maîtresse ne sera pas satisfaite, peu importe qui tombera.

— Elle sera contente de savoir que j'ai éliminé un traître quand tu seras mort. Caden sentait sa colère monter. Le draman jouait les idiots, essayant de le faire baisser sa garde. Il refusait de croire que Bast était toujours un serviteur loyal de leur maîtresse. Bast regarda derrière lui, vers le ciel, et son expression se durcit.

— L'ennemi arrive !

Caden grogna et abattit son épée sur le draman. Bast sauta en arrière hors de portée et Caden trébucha sous son élan, mais il se reprit rapidement. Quelque chose de grand et lourd heurta le sol derrière lui, mais avant qu'il ne puisse regarder, quelque chose le frappa au sol. Bast se retourna et s'enfuit.

— Ta maîtresse a tué des innocents !

Entendre sa voix le surprit. Il croyait honnêtement ne plus jamais la revoir. Ou peut-être espérait-il ne pas la revoir, car cela signifiait qu'il devrait la tuer. Caden rugit de colère et se releva, récupérant sa lame et faisant volte-face pour lui faire face.

Mina avait dégainé son épée, et il pouvait voir la fureur dans ses yeux. *Bien*, pensa-t-il.

Cela rendrait sa tâche plus facile si elle voulait se battre contre lui.

— Il y a toujours des victimes en temps de guerre. Tout le monde le sait.

Mina pointa la ville du doigt. — Regarde ça et dis-moi que ce n'est pas mal.

Caden garda son regard fixé sur elle, ce qui ne sembla que l'énerver davantage.

— Regarde ! hurla-t-elle.

Il jeta un bref coup d'œil sur le côté.

— Que veux-tu de moi, Mina ? Tu veux que je la trahisse ? Elle m'a sauvé la vie. J'ai une dette envers elle, et je l'honorerai jusqu'à ma mort.

La mâchoire de Mina se crispa et il sut que seul l'un d'eux sortirait vivant de ce combat. Il serra fermement la poignée de son épée et leva la lame.

— Non ! hurla Mina. Je le tuerai moi-même !

Caden supposa qu'elle parlait à son dragon. La bête cuivrée se dressait derrière elle, sa masse tout aussi sinueuse et musclée que celle de Lireth. La peur du dragon le tiraillait, mais il puisa dans la force de sa maîtresse pour la repousser.

— Essaie si tu penses en être capable, dit-il.

Mina se rua sur lui, brandissant son épée avec frénésie. Elle avait une certaine habileté, ce qui l'impressionnait, mais ses mouvements trahissaient encore son inexpérience. Caden para ses coups et s'approcha lorsqu'il repéra une ouverture évidente dans sa défense. Il fit glisser sa lame le long de son avant-bras, entaillant la peau. Elle poussa un cri de douleur et recula en jurant.

La culpabilité l'assaillit. Il était plus expérimenté qu'elle à l'épée, et il était clair qu'il allait gagner. Pourtant, son maître lui avait ordonné de la tuer s'il la revoyait. Il était tiraillé, son devoir luttant contre ses émotions. Pourquoi fallait-il qu'elle soit impliquée avec les ennemis de Lireth ?

*Tue-la.*

Lireth était présente dans son esprit, et ses paroles le poussaient à agir. Il l'attaqua férocement, ses faibles tentatives pour bloquer ses coups alimentant son désir de la voir mourir. Ou était-ce son désir à lui ? Il était difficile de discerner où il s'arrêtait et où Lireth commençait, mais il supposait que c'était à cause de leur lien.

*Son dragon est ici. Si je la tue, il me tuera.*
*Pas si je le tue d'abord.*

Lireth rugit, et tous les regards se tournèrent vers son approche.

15

*À terre !*

Mina tomba à genoux et Gedrith enroula son corps autour d'elle, la protégeant de ses ailes alors que Lireth se laissait tomber parmi eux, crachant du feu dans leur direction. Mina ferma les yeux, s'attendant à être brûlée vive. Lorsque la mort ne vint pas, elle les entrouvrit et vit que le corps de Gedrith était indemne.

*Quand j'ouvrirai mes ailes, grimpe sur mon dos aussi vite que tu le peux.*

*Je suis prête.* Mina se mit en position accroupie et rengaina son épée.

Gedrith écarta ses ailes et elle se leva, risquant un coup d'œil vers Lireth. Caden était monté sur son dos et elle bondit, s'envolant dans les airs. Mina grimpa rapidement sur l'épaule de Gedrith et s'était à peine assise qu'il s'élança dans les airs. Ils poursuivirent Lireth, volant au-dessus de la ville et dans la fumée.

Mina perdit de vue le dragon noir dans la brume, mais Gedrith virait à gauche et à droite avec assurance, et elle supposa qu'il voyait mieux qu'elle. Il plongea et la queue de Lireth siffla près de sa tête.

*Accroche-toi !*

Mina s'agrippa fermement au cou de Gedrith. Il s'inclina vers le haut et vola de plus en plus haut jusqu'à ce qu'ils émergent au-dessus de l'épaisse fumée qui obscurcissait la ville. Lireth était là aussi, et elle fonça droit sur eux.

Gedrith déploya largement ses ailes, prenant le vent, et projeta ses griffes arrière pour saisir Lireth. Elle imita la manœuvre et les deux dragons verrouillèrent leurs griffes ensemble, tournoyant en cercles et tombant vers le sol. La force de leurs rotations était si forte que Mina perdit prise et fut projetée en arrière.

Bien qu'elle soit déjà tombée auparavant, la sensation de pure terreur qui l'enveloppait n'était pas quelque chose à quoi elle pouvait s'habituer. Son estomac se retourna et elle hurla, agitant frénétiquement les bras. Alors qu'elle tombait, elle vit Gedrith et Lireth se griffer et se mordre l'un l'autre tandis qu'ils continuaient à tournoyer.

Mina était certaine que Gedrith allait se libérer et venir à son secours, mais cette supposition fut violemment balayée lorsque sa chute fut interrompue par les restes d'une charrette de marchand. Elle s'effondra sous elle et Mina hoqueta de surprise et d'agonie tandis que la douleur irradiait dans chaque parcelle de son corps.

Elle resta immobile un long moment, craignant que si elle essayait de se lever, elle ne découvre qu'elle s'était cassé des os. Retenant son souffle, elle s'assit et fut stupéfaite de constater qu'à part quelques coupures, elle était indemne. Elle leva les yeux pour voir si les deux dragons se battaient toujours, mais la fumée était maintenant plus épaisse qu'avant.

*Je suis vivante,* murmura Mina en sortant des décombres et en observant les alentours. Elle se trouvait dans une rue remplie de charrettes et de chariots de marchands, tous noircis et quelques-uns encore en flammes. Des voix lointaines résonnaient contre les bâtiments carbonisés, mais elle ne voyait personne aux alentours.

Sans idée précise de ce qu'elle devait faire, elle marcha vers le son des voix. La chaleur intense s'était un peu atténuée, mais la fumée l'étouffait toujours et lui brûlait les yeux. Elle cligna rapidement des yeux et tourna dans une rue latérale. Les voix étaient plus fortes maintenant, et elle savait qu'elle allait dans la bonne direction. La rue s'élargit en une place spacieuse et elle vit la source des voix.

Une importante force de dramans. Ils sortaient d'un des bâtiments, et deux d'entre eux traînaient un corps sans vie derrière eux. Ils s'arrêtèrent en la voyant, et Mina se figea.

— Pas de prisonniers ! cria l'un d'eux.

Les autres hurlèrent d'excitation et se précipitèrent vers elle. Mina fit volte-face et s'enfuit. Elle était largement surpassée en nombre et ne doutait pas qu'ils la tueraient. Elle zigzagua dans des rues au hasard et escalada des tas de débris dans sa fuite paniquée.

*Gedrith, où es-tu ? J'ai besoin de toi !*

Elle pouvait sentir sa présence dans son esprit, mais il ne répondit pas. Il se battait probablement encore avec Lireth. Mina s'arrêta net lorsqu'elle atteignit un pont qui enjambait un canal. La partie centrale du pont avait disparu, et la distance jusqu'à l'autre côté était trop grande pour qu'elle puisse sauter.

Mina regarda en arrière et vit que les dramans se rapprochaient d'elle. Elle maudit ces créatures et sauta dans l'eau. Son épée et sa cotte de mailles l'alourdissaient, mais elle donna des coups de pied et nagea aussi vite qu'elle put, suivant le courant du canal. Les dramans ne la suivirent pas, et elle flotta jusqu'à ce qu'elle rencontre un endroit peu profond qui offrait une plate-forme pour les pêcheurs. Elle se hissa hors de l'eau et s'effondra sur le dos, haletant lourdement.

Un rugissement brisa le silence momentané et Mina se redressa. Cela semblait venir de juste au-dessus d'elle. Quelque chose approchait.

*Gedrith ?*

Rien.

Elle se leva et garda les yeux fixés sur le nuage de fumée. Quelques instants passèrent, puis l'un des dragons argentés perça la brume et s'écrasa contre un bâtiment. Mina hoqueta. Son cou était tordu dans un angle étrange, et il était manifestement mort.

*Gedrith !*

*Je suis là,* répondit-il.

*Dieu merci ! Lireth est-elle morte ?*

*Non. Lord D'Lance a rejoint le combat à dos de dragon et elle s'est lancée à sa poursuite. Où es-tu ?*

*Je ne suis pas sûre. Il y a un canal, et l'un de tes frères est mort.*

*Je l'ai vu tomber,* dit tristement Gedrith. *Je n'ai pas pu l'atteindre à temps pour l'aider. Reste où tu es.*

Le bruit de battements d'ailes signala son approche et il descendit à travers la fumée, atterrissant les pieds en premier dans le canal.

*Es-tu blessée ?*

*Non,* répondit Mina. *Enfin, pas gravement. Je serai couverte de bleus demain, j'en suis sûre. Et toi ?*

Gedrith leva la tête pour révéler quelques écailles endommagées sur son cou. *Plus de cicatrices de bataille.*

*Où sont tes autres frères ?*

*En train de se battre. Nous devons abattre Lireth, mais ce sera une tâche difficile avec Lord D'Lance et ses cavaliers dans les airs.*

*Peut-être qu'il tuera Lireth et nous épargnera la peine.*

*Peut-être, mais ce ne sera pas facile pour lui. Et si elle tombe, ceux qui sont alliés à elle se disperseront. Bien que je la méprise, ses actions nous aideront à le vaincre.*

*Caden est-il toujours avec elle ?*

*Oui.*

Mina hocha la tête. Elle regarda la coupure sur son bras. Elle n'était pas profonde et la blessure s'était coagulée, mais elle la piquait encore quand elle la bougeait. Caden l'avait intentionnellement blessée, mais son expression après coup avait été empreinte de remords.

*Penses-tu qu'il y ait un moyen de tuer Lireth sans tuer Caden ?*

— Peut-être, dit Gedrith. L'Enclave préférerait emprisonner Lireth, mais je crains que la capturer vivante soit impossible sans aide. Nous sommes en infériorité numérique et elle ne se laissera pas prendre sans combattre.

— Penses-tu que Lord D'Lance la tuera, ou qu'il essaiera de la forcer à créer un lien comme il l'a fait avec les autres ?

— Je ne sais pas.

Mina se mordilla la lèvre inférieure, pensive.

— J'ai une idée, mais je ne sais pas si ça marchera. Cela dépendrait de l'utilisation de la magie de Lord D'Lance, et rien ne garantit qu'il le fera.

— Quelle est-elle ?

— Si nous parvenons à attirer l'attention de Lireth sur nous assez longtemps pour que

Lord D'Lance utilise sa magie sur elle, alors nous pourrons le tuer et la capturer.

— Ce plan ne fonctionne que si Lord D'Lance fait ce que nous voulons. Comment nous assurer qu'il le fera ?

— Nous lui offrons quelque chose qu'il désire.

— Et qu'est-ce que c'est ?

— Caden.

# 16

Caden s'accrochait fermement tandis que Lireth filait à travers le ciel en direction du château. Lord D'Lance avait rejoint la mêlée, accompagné d'une troupe de ses cavaliers. En le voyant, Lireth cessa immédiatement de combattre le dragon de Mina et tourna son attention vers le Seigneur du Dominion. Caden ne lui en voulait pas. Il haïssait également Lord D'Lance, et l'occasion de le voir tomber était trop tentante pour la laisser passer.

*Reste vigilant*, dit Lireth. *Lord D'Lance a appris à utiliser la magie noire et il n'hésite pas à s'en servir.*

Caden serra les dents, se souvenant comment l'homme avait tenté de le tuer. *Je suis bien conscient de ce dont il est capable.*

Lord D'Lance chevauchait un dragon vert. Il se tenait debout sans appui, comme s'il faisait partie intégrante du dragon, et portait une armure de plaques noires qui le couvrait du cou aux pieds. Il ne portait pas de casque, et ses longs cheveux noirs flottaient librement derrière lui. Si ses cheveux n'avaient pas bougé, Caden aurait pu le prendre pour une statue.

Lireth rugit un défi et battit des ailes plus fort, accélérant l'allure. Caden dégaina son épée malgré l'impossibilité d'atteindre quoi que ce soit et observa la distance se réduire entre eux. Le dragon vert poussa son propre rugissement et un nuage bouillonnant de gaz jaune jaillit de sa gueule. Lireth vira à gauche et battit de l'aile droite, renvoyant le nuage vers Lord D'Lance. Le gaz jaune balaya une barrière invisible qui entourait le Seigneur du Dominion et le vent le dissipa.

*Qu'est-ce que c'est que cette substance ?*

*Du gaz toxique*, répondit Lireth. *Il brûlera ta chair s'il te touche.*

*Et moi qui pensais que le feu était terrible.*

Lireth contourna l'arrière du dragon, mais un autre cavalier s'interposa. Lireth s'éleva, frappant le dragon du cavalier à la tête avec sa queue épaisse. Le coup fit basculer la tête du dragon sur le côté et il partit en vrille. Lorsqu'elle se retourna vers Lord D'Lance, son dragon était sur elle. Il s'agrippa aux cornes de Lireth et tira violemment. Son cou ondula et Caden bascula en arrière, heurtant durement ses écailles. Il toussa et se força à se redresser, puis donna un coup d'épée vers le dragon. Il jugea mal la distance et l'épée ne trancha que l'air.

Lord D'Lance baissa les yeux vers lui et le fusilla du regard. Ses mains effectuèrent d'étranges mouvements et sa bouche bougea silencieusement. L'air ondula brièvement, puis des éclairs commencèrent à crépiter entre ses doigts. Avant qu'il ne puisse faire quoi que ce soit avec la magie, Lireth secoua la tête pour se libérer et replia ses ailes, chutant en chute libre sur quelques mètres. Elle les déploya et attrapa l'air, tournoyant plusieurs fois avant de remonter en flèche vers le dragon vert.

Elle le percuta de plein fouet et utilisa ses griffes avant pour s'agripper à la gorge du dragon. Du sang éclaboussa Lireth et Caden alors que les écailles et la chair se déchiraient. Lireth referma ses mâchoires sur la blessure du dragon et secoua violemment la tête, déchirant davantage la chair. Le dragon vert gargouilla un cri d'agonie et ses ailes faiblirent.

*Attention !* avertit Caden.

Lord D'Lance libéra son sort. Plusieurs éclairs jaillirent de ses mains, frappant tous Lireth. Son corps se crispa sous l'impact des projectiles, mais elle ne fit pas un son. Cela impressionna Caden. Lireth décrocha sa gueule du dragon vert et battit des ailes en arrière. Le dragon plongea vers le sol, Lord D'Lance toujours sur son dos. Lireth piqua, suivant la bête morte.

Lord D'Lance bondit dans les airs avant que le dragon ne s'écrase au sol dans un fracas assourdissant, atterrissant indemne sur les décombres d'un bâtiment. Lireth ouvrit la gueule et déversa un torrent de flammes, mais elles se dissipèrent en touchant sa barrière invisible.

Caden serra la poignée de sa lame, se préparant à porter le combat au sol. Alors qu'il déplaçait ses jambes pour sauter, une ombre passa au-dessus de lui. Il leva les yeux à temps pour voir Mina suspendue à la griffe de son dragon, son pied droit tendu. Il heurta le côté de sa tête, et la douleur explosa de son front jusqu'à son cou. La force le poussa hors du dos de Lireth et il tomba de quelques mètres avant de s'écraser face contre terre sur les décombres aux pieds de Lord D'Lance.

Il haleta, essayant de reprendre son souffle. Il entendit Lireth rugir et les bruits de la bataille, mais ils semblaient faibles, comme s'ils étaient lointains. Quelqu'un le retourna et l'obscurité qui menaçait de le submerger fut maintenue à distance.

Lord D'Lance le regarda dans les yeux.

— Tu as fait plus pour m'irriter que la plupart des gens, dit-il d'une voix basse.

Au-dessus d'eux, Lireth et le dragon de Mina se battaient, mais il ne voyait Mina nulle part. L'air remplit ses poumons, et il prit lentement conscience que la situation avait pris un tournant pour le pire. Son corps s'affaissa alors que sa force le quittait brusquement. Il avait complètement oublié la rune de Lord D'Lance.

— Qu'espérais-tu accomplir, Caden ? Pensais-tu pouvoir me vaincre ? Tu n'es rien de plus qu'un cafard destiné à être écrasé sous ma botte. Tu as détruit ma ville pour rien. Maintenant, je vais détruire ton dragon et te faire regarder.

— Vous ne pouvez pas la tuer, murmura durement Caden. Elle est plus forte que vous.

— Qui a dit que j'allais la tuer ? Il y a plus d'une façon de détruire un dragon.

Lord D'Lance saisit le visage de Caden, ses doigts durs comme l'acier.

— Tu ne veux pas manquer ça.

De son autre main, Lord D'Lance pointa Lireth et commença à murmurer des mots qui firent frissonner Caden. Il essaya de lever le bras pour frapper le Seigneur du Dominion, mais ses muscles refusaient d'obéir. Il regarda impuissant Lireth se faire lentement piéger par la magie de Lord D'Lance. De fines vrilles blanches s'étirèrent de sa main vers le ciel, s'enroulant autour du corps de Lireth. Au contact des vrilles, ses mouvements devinrent lents. Caden pouvait sentir la force de Lireth s'écouler à travers lui et dans le Seigneur du Dominion.

Un groupe de cavaliers dragons de Lord D'Lance arriva, forçant le dragon de Mina à battre en retraite. Il s'enfuit, disparaissant dans la fumée au-dessus de la ville encore en flammes. Lord D'Lance serra le poing et Lireth commença à descendre. Elle rugit et se débattit contre la magie, mais en vain. Lord D'Lance se révéla être le plus puissant des deux.

Les yeux de Caden s'emplirent de larmes. Il ne savait pas ce que Lord D'Lance avait prévu pour elle, mais il savait que ce n'était rien de bon. Son propre corps refusait de lui obéir, le laissant incapable d'aider sa maîtresse. Qui savait où était Bast, et les dramans pillaient probablement la ville. Où étaient les frères et sœurs de Lireth ? Étaient-ils tous morts ? Leur plan semblait infaillible, mais il se brisait comme du verre devant ses yeux.

Si seulement il y avait quelque chose qu'il pouvait faire, ou quelqu'un qui pouvait l'aider. Mais il n'y avait rien. Il n'y avait personne, et il était à la merci d'un tyran maniaque.

— Tuez-moi simplement et en finissons-en, supplia-t-il.

— Ton sort ne sera pas si facile, dit Lord D'Lance.

Au moment où le corps de Lireth toucha le sol, elle était complètement immobile. Lord D'Lance lâcha le visage de Caden et marcha vers le dragon, se tenant devant sa tête. Il posa une main sur son museau.

C'était fini. C'était la fin, et ce n'était rien de ce que Caden avait imaginé. Quelque chose attira son regard ; un mouvement furtif parmi les décombres. Avait-il des hallucinations, ou était-ce...

Mina.

# 17

Mina s'accroupit parmi les décombres d'un bâtiment en ruine. Son idée folle avait fonctionné, pour la plupart, et maintenant Caden était à la merci de Lord D'Lance. Ce qu'elle n'avait pas prévu, cependant, c'était que le Seigneur de la Dominion puisse s'occuper de Caden et Lireth en même temps — tout seul.

Il était plus puissant qu'elle ne l'avait imaginé, et maintenant son plan avait légèrement dévié. Au lieu de livrer Caden à Lord D'Lance et que Lireth vienne à son secours, détournant ainsi son attention, il les avait tous deux piégés par magie.

*Ça ne va pas marcher*, dit-elle à Gedrith.
*Pourquoi pas ?*
*Lord D'Lance les a tous les deux captifs.*
*C'est bien. Ça nous débarrassera des deux.*

Mina regarda la forme inerte de Caden et ne put s'empêcher de se sentir un peu coupable. Elle savait qu'il était maintenant son ennemi, mais cela ne signifiait pas qu'elle devait le laisser mourir.

*Si Lord D'Lance meurt, sa magie disparaît-elle ?*

*Je ne sais pas*, répondit Gedrith.

*J'ai un chemin dégagé vers lui, mais si je le tue et que ses sorts prennent fin, nous risquons de perdre l'occasion de capturer Lireth.*

*C'est un risque que nous devrons prendre. Nos ordres étaient de tuer Lord D'Lance.*

*Je sais, mais lequel d'entre eux est la plus grande menace ?*

Gedrith ne répondit pas. Elle savait que Lireth pouvait causer plus de dégâts que Lord D'Lance, mais le dragon n'était techniquement pas sa responsabilité. Elle déplaça son regard entre les deux ennemis, hésitant brièvement avant de se décider.

Elle allait tuer Lord D'Lance.

Le rire de Thais et de Lord Klodian résonna dans son esprit, et elle réalisa qu'elle pourrait ne pas être capable de le tuer, qu'elle pourrait même ne pas pouvoir s'approcher de lui avant qu'il ne mette fin à son existence.

*Fais confiance à ton entraînement*, dit Gedrith. *Arrête d'écouter tes doutes.*

Il avait raison, elle le savait, mais ce n'était pas facile d'ignorer ces pensées. Elles étaient fortes et persuasives. Mina resserra sa prise sur la poignée de son épée et prit une profonde inspiration.

*Tiens-toi prêt*, avertit-elle, mais elle se parlait aussi à elle-même. Elle jeta un coup d'œil vers le ciel. Gedrith n'était visible nulle part. Mina émergea lentement des décombres, faisant attention où elle mettait les pieds. Lord D'Lance était devant Lireth, sa main sur son museau. Des volutes de fumée blanche étaient enroulées autour du dragon, l'empêchant de bouger. Le regard enflammé de Lireth était fixé sur le Seigneur de la Dominion, mais Mina savait que le dragon la voyait.

À chaque pas, le cœur de Mina battait plus fort dans ses oreilles. À quelques pas seulement, elle leva son épée au-dessus de sa tête et saisit la poignée à deux mains. Son coup devait être précis, mais ses mains tremblaient. Elle n'avait jamais tué personne auparavant, du moins pas de ses propres mains.

*Calme-toi.*

Mina inspira profondément et retint son souffle. Ses mains se stabilisèrent, et elle s'élança en avant, dirigeant la lame dans un mouvement descendant, visant le cou exposé de Lord D'Lance. Le temps ralentit, et elle observa la pointe de la lame qui se rapprochait.

Sans même regarder en arrière, Lord D'Lance balança sa main droite derrière sa tête, écartant violemment son épée. Son élan fut brisé et elle trébucha vers la gauche, son épée fendant l'air inoffensivement. Elle se reprit rapidement et pivota pour faire face à Lord D'Lance. Il tourna son attention vers elle et sourit.

— Tu es aussi stupide que Caden, donc tu dois être l'un des siens. Ne réalises-tu pas que j'ai le pouvoir d'un dragon qui coule dans mes veines ?

Il bougea si vite que les yeux de Mina enregistrèrent à peine un flou de mouvement avant qu'une douleur n'explose dans sa poitrine. Elle vola en arrière sur plusieurs mètres et s'écrasa contre quelque chose de dur. Il lui fallut un moment pour réaliser qu'il s'agissait des restes d'un mur de pierre. Lord D'Lance se mit à rire, un air dérangé sur le visage.

Mina serra les dents contre la douleur et se leva. Lord D'Lance s'avança vers elle, Lireth et Caden toujours immobiles. Mina leva son épée et fit un pas en avant pour l'affronter, mais elle savait qu'elle ne pouvait pas le battre. Il était plus puissant qu'elle avec sa magie seule, et maintenant qu'il avait la force de Lireth, elle avait perdu tout espoir. Mais elle allait quand même se battre. Peut-être que sa sanité mentale l'avait quittée, ou peut-être qu'elle n'avait jamais vraiment été là dès le début.

Elle donna un coup d'épée en biais, essayant de le frapper à nouveau au cou, mais il l'écarta d'un geste. Mina attaqua une deuxième fois avec le même résultat. À sa troisième tentative, Lord D'Lance saisit la lame à main nue et gronda des mots étranges. Le métal de sa lame s'affaissa puis se liquéfia, éclaboussant le sol. Les yeux de Mina s'écarquillèrent de stupeur. Elle lança la poignée vers lui et elle heurta sa cuirasse, résonnant bruyamment mais sans causer de dégâts.

Mina cligna des yeux, et Lord D'Lance était directement devant elle. Il enroula sa main autour de son cou et serra, l'étranglant. Elle suffoqua et essaya de se libérer de son emprise, mais sa prise était ferme.

*Aide-moi !* cria-t-elle à travers le lien. Elle pouvait sentir la présence de Gedrith, et c'était la seule chose qui l'empêchait d'abandonner.

— Je n'ai pas besoin de toi, mais je veux ton dragon, dit Lord D'Lance. Dis-lui de venir à moi.

— Non, articula Mina d'une voix rauque.

— Tu le feras si tu veux vivre. Appelle-le ici. Maintenant. Il serra plus fort.

*Je ne le laisserai pas te tuer*, la voix de Gedrith emplit son esprit. Il lui envoya une image, et elle sut exactement quoi faire. Elle pouvait entendre le battement de ses ailes, et elle sut le moment où il apparut, car le regard de Lord D'Lance se tourna vers le ciel. Sa gorge était chaude, devenant rapidement brûlante. Mina pouvait voir le reflet de Gedrith dans les yeux de Lord D'Lance, et elle s'accrocha à la conscience malgré l'obscurité qui l'envahissait.

Ses lèvres s'entrouvrirent, et elle murmura :

— L'Enclave... vous envoie... ses salutations.

La brûlure dans sa gorge la submergea et elle ouvrit la bouche comme pour crier, mais au lieu de son cri d'angoisse, des flammes jaillirent. Un torrent de feu déferla sur Lord

D'Lance et il la relâcha, hurlant et titubant en arrière. L'odeur écœurante de chair brûlée piqua les narines de Mina, mais les flammes continuaient sans relâche, baignant le Seigneur de la Dominion si complètement qu'elle ne pouvait rien voir d'autre que du feu.

Finalement, l'embrasement s'éteignit et la brûlure dans sa gorge s'estompa. Elle tomba à genoux, submergée par la faiblesse. Lord D'Lance gisait au sol, se tordant et criant. Il était toujours en vie, d'une manière ou d'une autre. Mina rampa jusqu'à Caden et prit son épée, puis se remit sur ses pieds et trébucha jusqu'à l'endroit où se trouvait Lord D'Lance et se tint au-dessus de lui. Le visage de l'homme était si gravement brûlé qu'il en était méconnaissable.

Sans hésitation, Mina abattit l'épée, séparant la tête du corps, puis elle se détourna promptement et vomit. Elle s'essuya les lèvres du revers de la main et regarda Lireth. Les volutes de fumée maintenaient toujours le dragon en place, mais elle se débattait, essayant de se libérer.

*Sa magie tient toujours*, dit-elle alors que Gedrith atterrissait à proximité.

*Je le vois. Cela facilitera notre tâche.*

*Allez-vous vraiment la ramener à l'Enclave ? Vous pourriez la tuer à la place. Cela garantirait qu'elle ne représente plus jamais une menace.*

*Bien que tu aies raison, je ne la tuerai pas. Elle fera face à l'Enclave pour ses crimes et sera emprisonnée pour le reste de sa vie. Que veux-tu faire de celui-là ?*

Mina se tourna pour regarder Caden. Pendant un instant, elle crut qu'il était mort, mais elle vit ensuite sa poitrine se soulever et s'abaisser et réalisa qu'il était seulement inconscient.

*Si Lireth est aussi ancrée dans son esprit que je le crains, alors nous devons les garder séparés. Il subira la même punition que sa maîtresse. L'emprisonnement.*

*Une sage décision. Avec Lireth dans le désert et Caden ici, la distance sera trop grande pour qu'ils puissent communiquer. Cela ne brise pas leur lien, mais c'est tout aussi efficace.*

*Comment allons-nous emmener Lireth à l'Enclave ?*

*Un seul de mes frères est tombé au combat, donc nous la porterons. Nous devons nous hâter pendant que ses forces sont en désarroi, de peur que ses sbires n'essaient de la libérer.*

Mina acquiesça, regardant toujours Caden.

*Où devrions-nous l'emmener ?*

RICHARD FIERCE

*Je connais un endroit.*

# 18

Caden ouvrit les yeux et prit lentement conscience de son environnement. Il se trouvait dans une pièce faiblement éclairée aux murs de pierre. Une grille en fer, une porte de cellule, était fermée et des torches sur les murs à l'extérieur de la cellule illuminaient l'espace. Il gémit en s'asseyant et remarqua qu'il était sur le sol. Ses poignets étaient enchaînés, les chaînes reliées à des anneaux dans le sol, et il avait peu de mouvement. Alors que son esprit assemblait tous ces éléments, il réalisa qu'il n'était pas seul.

— Je commençais à me demander si tu te réveillerais un jour.

Il n'y avait pas à se méprendre sur sa voix. Elle était aussi ancrée dans son esprit que Lireth l'était.

— Mina, dit-il. Où sommes-nous ? Que s'est-il passé ?

Elle était adossée au mur à sa gauche, les bras croisés sur la poitrine.

— Tu as perdu, répondit-elle. Et Lord D'Lance aussi.

— Lireth l'a tué ?

Mina rit avec mépris. — Pas du tout. Grâce à ta rune, Lord D'Lance a pu puiser dans la force de Lireth à travers toi. Il a failli me tuer. Il l'aurait probablement fait si ce n'était pour Gedrith.

— Ton dragon ?

Elle hocha la tête. Caden regarda autour de la pièce, mais il n'y avait pas grand-chose à voir. Il pouvait sentir la présence de Lireth dans son esprit, mais elle était étouffée, comme si un épais tissu recouvrait leur connexion. Si ce que Mina disait était vrai, alors son maître avait été vaincu. Il hésita à demander, mais il avait besoin de savoir.

— Où est Lireth ?

— Elle est emmenée à l'Enclave pour être jugée.

— Vont-ils la tuer ?

— Non. Gedrith dit qu'ils vont l'enfermer. Elle mourra de vieillesse dans une grotte souterraine.

*Au moins, elle est en vie*, pensa Caden. Il leva ses mains et fit tinter les chaînes.

— Une chance que je sorte de ces chaînes ?

— Non.

— Quel est cet endroit ?

— C'est le donjon de Lord Culver. Je lui ai dit que Lord Klodian t'avait transféré ici pour crimes contre le Haut Prince. Tu ne reverras jamais la lumière du jour.

Caden digéra silencieusement ses paroles. Il était prisonnier, et Lireth était emmenée ailleurs. Quelle idée cruelle était-ce de les séparer si loin l'un de l'autre ? Serait-il capable de la sentir à une telle distance, ou sa présence s'amenuiserait-elle jusqu'à ce qu'elle ne soit plus qu'un souvenir ? L'incertitude allait le rendre malade.

— Je suis désolé pour ce que j'ai dit avant. Je suis sûr que tu regrettes d'avoir aidé Lord Klodian à tuer tous ces dragons maintenant que tu sais qu'ils ne sont pas des animaux sans cervelle.

Mina se décolla du mur et s'approcha, s'agenouillant devant lui.

— Si tu étais libre et que Lireth ne l'était pas, essaierais-tu de l'aider à s'échapper ?

— Si toi et ton dragon étiez dans la même situation, le ferais-tu ?

— Nos situations ne sont pas les mêmes, dit Mina. Lireth est maléfique. Elle t'a lavé le cerveau pour que tu la suives aveuglément. Tu ne le vois pas ?

Caden lui sourit malgré le tumulte d'émotions qui faisait rage en lui. — Tu ne la connais pas comme moi. Tu penses qu'elle est mauvaise, mais je sais qu'elle est gentille. Elle m'a sauvé et m'a donné une place parmi ses draman. Personne ne m'a jamais accepté tel que je suis comme elle l'a fait.

— Moi, si.

— Ce n'est pas ce que je voulais dire.

— Alors peut-être devrais-tu dire ce que tu veux dire. Tu auras tout le temps d'apprendre à le faire ici.

— Ton dragon t'a changée. Ta façon de te tenir, ta façon de parler... tu n'es plus la fille que j'ai rencontrée.

— Aurais-tu préféré que je reste la même ? Une esclave docile, toujours se pliant à la volonté des autres ?

— Non, jamais ça. Je souhaite juste que les choses se soient passées différemment entre nous. Si je t'avais dit que je ne voulais plus quitter le Thophate, tu n'aurais jamais demandé à Lord Klodian de m'envoyer ailleurs. Peut-être que si je n'étais jamais parti...

— Je te l'ai déjà dit, nos destins peuvent être entremêlés, mais ils ne sont pas unis. Que tu sois resté ou non n'aurait rien changé. Avera avait d'autres plans pour moi.

Caden trouvait difficile d'accepter qu'elle croyait vraiment cela, mais il savait qu'il était inutile d'argumenter sur ce point.

— Alors tu me laisses ici et tu vas... où ? Que vas-tu faire maintenant que Lord D'Lance est mort ?

— Ça ne te regarde pas, répliqua Mina. Elle se pencha plus près de lui. — Tu étais un homme bon autrefois. Peut-être le seras-tu à nouveau. Une fois que Lireth sera sortie de ton esprit, j'espère que ta sanité reviendra. Si tu peux trouver un moyen de te libérer de son lien, fais-le. Ce sera la seule façon pour toi de sortir d'ici.

Caden plongea son regard dans ses yeux bleus et eut envie de la toucher, mais il n'osa pas essayer. Elle lui rendit son regard avec une intensité égale, mais aucun d'eux ne parla. Finalement, elle se pencha et l'embrassa sur les lèvres. Il ferma les yeux et savoura ce moment, qui prit fin trop tôt. Mina s'écarta de lui et se leva.

— Au revoir, Caden.

Et sur ces mots, elle poussa la porte de la cellule et s'en alla. Un garde apparut. Il ferma la grille et la verrouilla, puis retourna à son poste. Caden soupira et se recoucha sur le sol, fixant le plafond. Mina lui avait dit de rompre son lien avec Lireth, mais il ne le ferait pas. Au contraire, il était déterminé à le renforcer et à trouver un moyen de s'échapper.

*Une étape à la fois*, se dit-il. *Une étape à la fois.*

-

Alors que Mina quittait le donjon, elle dut s'efforcer d'ignorer les supplications de son cœur. Caden était son ennemi tant qu'il était lié à Lireth, et elle n'avait aucun scrupule à l'enfermer. C'était autant pour son bien que pour la sécurité du monde. Pourtant, l'idée qu'elle ne le reverrait peut-être jamais lui fit marquer une pause.

Il lui avait demandé quels étaient ses projets, mais elle ne lui avait pas dit parce qu'elle ne voulait pas qu'il sache où elle se trouvait dans le cas improbable où il parviendrait à s'échapper de la prison. Maintenant que le tyran Lord D'Lance n'était plus une menace, elle était libre de faire ce qui lui plaisait. Sa relation étrange avec Lord Klodian s'était terminée sur une note amère, elle ne pouvait donc pas retourner au Thophate, surtout pas avec un dragon.

Peut-être retournerait-elle à l'Enclave et continuerait-elle sa formation de cavalière avec Areg. Ou peut-être pas. Rien n'était gravé dans la pierre, et elle aimait l'idée d'avoir le libre arbitre de faire tout ce dont elle rêvait... ou rien du tout.

Elle laissa le château de Lord Culver derrière elle et s'aventura dans les champs de céréales où Gedrith et ses frères l'attendaient. Lireth était là aussi, toujours magiquement liée, et Mina grimpa sur le dos de Gedrith.

*Tout va bien ?* demanda-t-il.

*Oui. Nous sommes prêts à partir.*

*Bien. Le désert me manque.*

Mina sourit et s'accrocha fermement tandis que le dragon s'élevait du sol. Entre lui et les dragons d'argent restants, ils parvinrent à porter Lireth dans leurs serres. Ils prirent de l'altitude, montant de plus en plus haut, puis tournèrent vers le sud en direction des Longs Sables, vers l'Enclave. Mina ferma les yeux et laissa le vent ébouriffer ses cheveux, savourant la sensation du vol.

C'était bon d'être libre.

Le voyage continue dans...
Le Sacrifice du Dragon.

# À PROPOS DE L'AUTEUR

Bonjour!

Je suis un auteur fantastique qui adore écrire sur les dragons. J'ai publié plus de 40 livres et j'ai l'intention d'en écrire bien d'autres.

J'espère que vous avez apprécié ce livre et merci de l'avoir lu.

Vous pouvez me suivre sur les réseaux sociaux pour me contacter directement sur https://www.facebook.com/dragonfirepress.